神獣の蜜宴

Michika Akiyama
秋山みち花

CHARADE BUNKO

Illustration

葛西リカコ

CONTENTS

それは、まだこの世界に神々がおわした頃のこと――

†　東の森の神

この世界は、天帝カルフを頂点とするアーラムの諸神が治めていた。

アーラムは神々が多く棲《す》まう天上界と、半神や人間が棲む下界とに分かれているが、遠く離れた辺境には、天帝の支配を拒む神々も存在する。

中でも東方の神々と呼ばれる者たちは、天帝を脅かすほどの力を持ち、しばしば激しい戦いが起きていた。

†

東方の森――。

獣神レアンは、銀色狼《おおかみ》の姿でゆったりと森の中を歩いていた。

ずば抜けて巨大な体軀《たいく》は美しい銀色の被毛で覆われている。長い尾と力強い四肢を持ち、青い宝玉のような双眸《そうぼう》で、己が創造した世界を眺める。

荒れ野だったこの地も、丹精したかいがあって、豊かな実りをもたらす森へと変化した。

レアンは半神であるが、己の持てる〝力〟をすべてこの森に注ぎ込んできた。〝力〟を得て、森は徐々に育っていき、今度は森の主であるレアンに生きる〝力〟を返す。

この森が豊かになれば、レアンはより〝力〟のある半神へと変化していくのだ。

下草を分けながらゆったり進んでいたレアンは、燦々《さんさん》と陽射しが降り注ぐ空き地に出た。

前方の樹《き》に青い果実が生《な》っているのを見つけ、思わず頰《ほお》をゆるめる。

近づいてみると、まだ固そうな実ではあるが、もう何日か経《た》てば瑞々《みずみず》しく熟すことだろう。

「この林檎《りんご》が生るのも二回目か……」

独りごちたレアンは、すっと体《たい》を返し、森の中を疾駆《しっく》し始めた。

青い林檎の実を見つけたせいで、一刻も早く番《つがい》に会いたくなったのだ。

リーミンに教えたら、喜ぶだろうか……。

それとも、林檎が赤く熟すまで待って、驚かせるか……。

あれこれ想像するだけで、楽しくなってくる。

アーラムの世界広しといえど、レアンの番《つがい》である暁《あかつき》の神リーミンほど美しい者は他にいないだろう。しかもリーミンは、天帝カルフの息子で、神としての〝力〟も強い。

それに比べてレアンのほうは、アーラムの神と森の狼との間に生まれた半神だ。賤《いや》しい獣神として、天上界に棲むことは許されず、ずっと下界の森で過ごしてきた。

本来ならば、自分のような者のところへ高貴なリーミンがやってくることさえなかったはずだ。

あの日、天帝に逆らったリーミンが、「そこの獣神と番《つがい》になったほうがましだ！」と叫ばなかったら、こんなふうにはなっていなかった。

銀毛をなびかせながら疾駆するレアンは、森の奥に造った館《やかた》へあと少しといったところで、他の者の気配があることに気がついた。

以前いた森にも時々人間が紛れ込んできた。人間は脆弱《ぜいじゃく》なくせに他の獣より貪欲で、放っておくと面倒を起こしかねない。いらぬ衝突を避けるため、森にはぐるりと結界を張り巡らしてある。

なのに、レアンに気づかれもせず、その結界を越えてきたということは、相当〝力〟のある者だろう。

「この気配はランセか……。いったい何をしに……？」

レアンは足を止めず、怪訝《けげん》な思いで呟《つぶや》いた。

ランセは東方の神々の頂点に立つ龍神《りゅうじん》だ。戦いの時には巨大な青龍《せいりゅう》に変化《へんげ》する〝力〟の強い神だった。

リーミンが天帝に連れ去られるという事件があった時、レアンは己の力不足を痛感し、東方の神々に助力を請いに行った。その折、率先して助けてくれたのがランセだ。リーミンとふたり、この地に棲むことを許してくれたのもランセで、レアンにとっては恩人ともいえる相手だった。

しかし、ランセが自らこの森を訪ねてくるのは珍しい。

何事か、あったのか？

ふとそんな疑念にとらわれたレアンだが、次の瞬間にはさっと太い首をひと振りした。

銀色に輝く被毛が、見事な光の波となってあたりの下草をそよがせる。

丹精した森は、主のレアンと一体となり、様々な変化を見せるのだ。

東方の地を揺るがすような大事件は起きていない。

もう二度と、愛するリーミンを奪われないように、常に警戒を強めている。

森の中はもちろんのこと、森の外でも何か重大な出来事が起きれば、木々や草、それに虫や鳥や獣たちがいち早く察知してレアンに教える。

しかし、このところ森ではずっと穏やかな日々が続いており、外での大事件など何も思い当たることがなかった。

となれば、ランセの用事はいったいなんなのか？

しかも、自分が留守の時を狙《ねら》った、ように……？

そこまで思い、レアンは即座に足を速めた。

まさかとは思うが、リーミンが目当てということもあり得る。

だとしたら、自分の留守を狙うようなやり方は、たとえランセであっても許せない。

「暁の美神……その名のとおり、あなたは本当にお美しい……。賛美は聞き飽きておられるかもしれませんが、この世にある、あらゆる美しいものも、リーミン様のお美しさの前では霞《かす》んでしまうことでしょうな」

木造りの長椅子《ながいす》にゆったり腰を下ろした男は、精悍《せいかん》な顔に似合わず、歯の浮くような世辞を言う。

向かい側に座り、優雅に長い足を組んだリーミンは、かすかに眉《まゆ》をひそめた。

銀狼が造った館は、森の樹木を手ずから一本一本切り出して丁寧に組み上げたものだ。

天上界の中心にある七層の宮殿とは比べるのも愚かしい。その宮殿内でリーミンが使っていた優美な部屋にも遠く及ばない。卓子《テーブル》や椅子などの調度も、銀狼が作った無骨なものだ。

それでもリーミンは、案外この素朴な館を気に入っていた。

だが、そこに迎えた客の姿は、この部屋にはまったく似合わない派手派手しさだ。

長い黒髪を一部のみ髷《まげ》に結って金の飾りを被《かぶ》せ、あとはさらりと背中に流している。そして男は、貫頭衣《かんとうい》ではなく、前で身ごろを合わせる形の青の長衣をまとっていた。襟《えり》と裾《すそ》、長い袖《そで》の縁には金糸を多用した縫い取りが施され、幅広の黄色い腰帯、そこから下に垂らしている紅の布にも、金銀がたっぷり使ってある。大剣を佩《は》いた腰まわりには、宝玉つきの飾り紐《ひも》を何本も下げ、耳飾りと首飾りの他に、腕輪と指輪までつけているという仰々《ぎょうぎょう》しさだ。

この目映《まばゆ》いばかりの格好をした男は、東方の神々と呼ばれる者たちの首魁《しゅかい》だ。名をランセと言い〝力〟を発揮する時は、青い龍に変化するという話を聞いている。

レアンは自分を助け出すため、この男の〝力〟を借りた。

ゆえに、そのレアンのためにも、あまり無下《むげ》にはできないが、リーミンはこの館に赤の他人の姿があることが、なんとなく気に入らなかった。男の華美な格好も、好みからはかけ離れている。

リーミンの長衣は、一見すると純白だが、動きに合わせ、光沢のある布地が七色の虹の輝きを放つ。しかし、その輝きはあくまで上品で、だからこそリーミンの怜悧《れいり》な美貌を際立たせるのだ。

腰まで届く金色の髪は、前部分だけを後ろに流して留め、あとは自然のままにしている。装飾品も耳飾りと腕輪などを身につけているだけだ。暁の美神と謳《うた》われるリーミンには、よけいな装飾など必要ない。

しかし、リーミンの沈んだ気持ちに連動し、陽射しが溶けたかのように薄い金の瞳が陰りを帯びる。

「リーミン様、ランセ様に、神酒《しんしゅ》など差し上げてはいかがでしょう?」

リーミンの機嫌の悪さをいち早く察し、そう声をかけてきたのは、宮殿にいる頃から召し使っている神子《みこ》のカーデマだった。

普段は茶虎《ちゃとら》の猫の姿でいることを好む傾向にあるが、今は客の相手をするため、十五、六歳の少年という本来の姿でいる。

茶色のふわりとした巻き毛に愛くるしい顔をしたカーデマは、やや丈が長めの青の上衣に、すっきりとした脚衣をつけ、革で編み上げた鞋《サンダル》を履いていた。

神子として、気まぐれな主に長く仕えてきたせいで、カーデマは細かいことに気がきく。だから、リーミンが何も言わずとも、さっさと神酒を用意して、ランセに勧めていた。

「ところで、レアンは毎日森の様子を見に出かけるのですか？　だとすれば、レアンが留守の間、退屈ではございませんか、リーミン様？」

「別に」

リーミンは天上界にあった頃から気位が高く、大抵の者はこの冷ややかな声を聞いただけで恐れ入ったものだ。

だが、目の前の客はそれぐらいで怯《ひる》む神経の持ち主ではなかった。

「それはまた……あなたのようにお美しい方が、このように小さな館で暇を持て余しておいでとは、実にもったいない話だ」

ランセはそう言いながら、さりげなくあたりを見まわす。

そこに多少なりとも、レアンに対する蔑《さげす》みが垣間見《かいまみ》えたら、リーミンは即刻この男を追い出していただろう。しかしランセは、大勢の神々を束ねているだけあって、決定的な言葉を口にしない注意深さもある。

「リーミン様も、どうぞ神水をお飲みください」

客人に神酒を渡したカーデマは、リーミンには神水を運んでくる。

リーミンは受け取った神水を口に含み、じっとランセを観察し続けた。

脚つきの金の酒杯の表面には、草花の紋様が浮き彫りになっている。

注がれている神水は、アーラムの神々がもっとも好む飲み物で、口当たりがよく、飲んだあとも清々《すがすが》しい清涼感が残る。滋養と強壮にも効き目があり、果実酒と混ぜて飲むのを好む者も多い。

カーデマが注いできたのは葡萄《ぶどう》の香りがする神水だったが、酒の成分は入っていない。派手な客は酒杯を空け、おや、と驚いたような表情になる。

「これは、なかなかよい酒ですね。我が好みに合っている」

「神水を元にしているからだろう」

リーミンはそっけなく応じる。

「残念なことに、神水が湧《わ》き出る泉は、東方にはない。わざわざ取り寄せられているのですか？　大変でしょう」

「別に……神子に行かせるだけだ」

リーミンの口が重いことを察し、ランセはさりげなく話題を変えてくる。

「リーミン様、いかがです？　一度、我が宮殿にお越しくださいませんか？　天帝がおわす七層の宮殿と比べても、そう劣ることはないと自負しております。東方の地は辺境。天上界と下界の境目もないに等しい野蛮な地……天帝の宮殿におられる神々からすれば、そういう認識になるのでしょうが、我が宮殿からは、美しい景色を見ることができます。それに、この神酒に負けないような酒も造らせております。リーミン様が宮殿にお越しくださるなら、東方の神々をすべて呼び寄せましょう。アーラムでも一番と謳われる暁の美神にお目にかかれば、皆、どれほど喜ぶことか」

ランセの話は退屈だった。

東方の宮殿などには興味がない。それに他の神々に会いたいとも思わない。

別に東方の神だからと毛嫌いしているわけではなく、リーミンはもともと他の者に対する興味が薄いのだ。

天帝の宮殿にいた頃も、大勢の神々が話しかけてきた。遊びにも散々誘われたが、どれにも心を動かされたことがなかった。

今のランセと同じで、言うことは皆同じ。外見の美しさを褒《ほ》め称《たた》えられるのはいつものことで、今では雑音にしか聞こえないぐらいだ。

ただ、レアンが口にする時は違うが……。

リーミンはふと銀色狼の姿を思い出し、うっすらと微笑《ほほえ》んだ。

レアンは狼の姿を恥じているところがあるが、あの美しい銀色の毛並みは見事だと思う。

本当の美とは、ああいうもののことをいうのだ。

「リーミン様？　聞いておられますか？」

「あ、ああ……」

鷹揚《おうよう》に答えながら、リーミンはかすかに細い眉をひそめた。

適当に話を聞き流しているうちに、ランセが隣の席まで移動してきていたのだ。

間近から顔を覗《のぞ》き込まれ、胸の内でため息をつく。

「カーデマ。私にも神酒を」

「かしこまりました。神酒でしたら、こちらに」

神子のカーデマはすかさず、玻璃《はり》の酒杯を差し出した。

気のきかぬことをしでかすたびに、容赦ない罰を与えてきたせいで、カーデマはリーミンの機嫌を察知することに長《た》けている。

玻璃の酒杯に口をつけると、隣に陣取ったランセが思わずといった感じで笑う。

「酒を飲むのにお付き合いくださるとは光栄です」

別にそんなつもりではなかった。

レアンはいつも夕刻近くまで戻ってこない。だから、時間を潰《つぶ》すには酒でも飲んでいたほうがましだろうと思っただけだ。

しかしリーミンはそこでふと思い直した。

レアンの代わりに客の相手をするなら、少しぐらい話を合わせてやる必要があるかもしれない。

「ランセ殿、しばらく戦いがあったとは聞かぬが……」

「おっしゃるとおりです。このところ、天帝との戦いは小休止に入っております。あなたを救出に行った時、かなり打撃を与えておきましたので、さしもの天帝といえど、損害を修復するのに時間がかかっているのでしょう」

「そうか」

リーミンは軽く受け流した。

天帝カルフに捕らえられていた時のことは思い出したくもない。

天帝は、リーミンの実の父であるにもかかわらず、息子を自分の妻にすると言いだした。

レアンがランセの〝力〟を借りて、助けに来てくれなければ、今頃まだ天帝に嬲《なぶ》られていたかもしれない。

リーミンはぶるりと細い身体を震わせ、いやな記憶を払うように神酒を飲み干した。

†

森を疾駆してきたレアンは、館の前で瞬時にしなやかで力強い男体へと変化した。

格好は極めて質素で、丈の短い生成《きな》りの上衣に、動きやすい黒の脚衣。革の鞋《サンダル》を履いて、腰に細い革のベルトを巻きつけている。そこには、近頃男体の時に持ち歩くようになった長剣を差しているが、他にはなんの飾りもつけていなかった。

顔立ちは端整だが野性味を帯び、狼の時と同じ澄みきった青の瞳をしている。肩先を覆う長さの銀色の髪にも銀狼の名残《なごり》がある。

レアンは木の扉を押して、自ら造った棲《す》み処《か》へと入った。

「リーミン様、ただ今戻りました」

丁寧に声をかけて室内へと進んだレアンは、目に飛び込んできた光景に鋭く息をのんだ。

ランセが来ていることはわかっていたが、かっと怒りに駆られる。

長椅子に並んで腰かけているのはいいが、ランセはずうずうしくリーミンの肩を抱き寄せていたのだ。

「リーミン様」

怒りを抑え再度声をかけると、リーミンが眠そうな目を向けてくる。

「ああ、なんだ……レアンか」

「どうかなさったのですか？　ご気分でも悪いのですか？」

「いや、別になんでもない。眠くてたまらないだけだ。神酒を少し飲みすぎたらしい」

ふわりと微笑みながら言うリーミンに、レアンはすっと近づいて腰をかがめた。

ランセに凭《もた》れていた細い身体を抱き起こすと、リーミンはすぐに両手を伸ばし、レアンの首に巻きつけてくる。

「ランセ殿、今日、お出《い》でになるとは存じませんでした。リーミン様を奥の部屋に運んだら、すぐに戻ってきますので、お話はその時に」

レアンはそう断りを入れて、リーミンのしなやかな身体を抱き上げた。

呆《あき》れたように片眉を上げてみせたランセにはかまわず、そのまま奥の寝室へと向かう。

「レアン？」

「リーミン様、大丈夫ですよ」

甘えるような声を出したリーミンを優しく宥《なだ》めながら、褥《しとね》の上にそっと細い身体を横たわらせる。

「おまえが遅いから、酔ってしまった」

「申し訳ありません、リーミン様……」

淡い微笑を見せたリーミンに、レアンは胸を震わせた。

少なくとも、今のリーミンは自分だけを頼りにしているように見える。

思わずなめらかな額《ひたい》に手をやって、乱れていた髪を指で梳《す》き上げた。

「そうだ。おまえの客が来ているのだったな。少し待っていろ。今、酔いを醒《さ》ます」

リーミンはレアンの手に触れ、額からずらそうとしたが、レアンは首を振ってそれを拒否した。

「大丈夫です。ランセ殿の相手は俺がしますから、無理に酔いを醒ます必要はありません」

「そうか」

リーミンはそう呟いて、手を離した。

なめらかな額が、かすかな光を発している。そこには神の〝力〟を引き出す元となる水《すい》晶《しょうちゅう》柱が収まっており、リーミンの意思により自由に出し入れできるのだ。

酔いを醒ますと言ったのは、その水晶柱の〝力〟を使って行う、という意味だった。

「ゆっくりお休みください」

「ん……」

レアンはリーミンが両目を閉じたのを確かめてから、褥のそばを離れた。

館にはいくつか部屋を造ってあるが、大部屋はひとつだけ。レアンがそこに戻ると、ランセはにやりと呆れたような笑みを見せた。

「リーミン様はお休みになられたか?」

「はい……」

「そうにらまずともよいではないか。確かにリーミン様の美しさは尋常じゃない。しかし、我《われ》は何もしていないぞ」

いきなり神経を逆撫《さかな》でするようなことを言われ、レアンはますます怒りに駆られた。

だが、神酒を一緒に飲んでいたぐらいで、咎《とが》めるわけにはいかない。

それにランセが無理やり飲ませたわけでもないだろう。気位の高いリーミンは、本人がそう望まぬ限り、他人の言うことを聞くはずがないからだ。

レアンは腹に力を入れて、怒りをのみ込んだ。

そうして、ランセの向かいにゆったり腰を下ろす。

「カーデマ、俺にも何か飲み物を」

「はい！　こちらに」

レアンが命じると、カーデマはすかさず神酒の酒杯を卓子に置く。

リーミンを酔わせた酒は、アーラムの高山で岩の間から染み出てくる神水から造ったものだ。神の水というだけあって、神水自体にも色々と効能があるが、それを元に造った酒は、口に含んだ時点で、瞬時に飲んだ者の好みの味に変わるという性質を持っている。

つまり、リーミンは自ら望んで強い酒を飲み、その結果、酔ってしまったというわけだ。

レアンは手渡された玻璃の酒杯にゆっくり口をつけた。

ランセを前に、自分を見失うようなことがあってはならない。なので、レアンの喉《のど》をとおったのは、酒というより果汁を搾《しぼ》った飲み物に近かった。

「それで、ランセ殿……遠方より、わざわざ我が棲み処にお越しくださったのは、いかなる理由によるものでしょうか？」

「理由がなければ、ここへ来てはならぬか？」

やんわりと言い返したランセは、余裕でレアンを見据えている。

「別に、そんなことはありません。ランセ殿にはお世話になっているのです。来ていただけるのでしたら、もちろん歓待いたします。ただ、今回はずいぶんと急なお越しでしたので」

「まあな……」

「俺に何か御用でもおありでしたか？」

レアンがそう訊《たず》ねると、ランセがまたにやりと笑みを深める。東方の神々を統《す》べているだけあって、ランセの迫力はたいしたものだ。そして、簡単には腹の底を見せぬという業《わざ》にも長けている。

「例の戦い以来、天帝は動きを見せていなかった。だが、そろそろなんらかの行動を起こしてもおかしくない時期だ。もう季節はふた巡りしたのだからな。戦いの傷も癒《い》えている頃だろう」

言葉尻は丁寧だけれど、裏には明らかな押しつけがましさがあった。

例の戦いとは、リーミンを救出するためのものだった。それをさりげなく思い出させる口ぶりだ。

「それで？」

レアンは短く問い返した。

「それでだ。レアン、おまえにもそろそろ我が軍に参加してほしいと思っているのだ」

ランセはそう言って膝《ひざ》を進めてくる。

「……」

レアンは慎重に、即答を避けた。

うっかり返事をすれば、言質《げんち》を取られかねない。

「おまえもこの地に棲みついてだいぶ経つ。見たところ森もずいぶん立派に育ったようだ。別に強制するつもりはないが、宮殿には他の神々も大勢集まってくる。今後も天帝との戦いは続く。だから、おまえにも戦力となってもらいたい。どうだろう？」

ランセは静かな口調で告げた。

「俺をランセ殿の軍に加えてくださるというお話は、ありがたく思います。しかし、半神の俺では完全に力不足。皆様の足を引っ張ることになりかねない。どんなに足掻《あが》こうとて、生まれついての力の差は縮めようがありませんので」

認めたくはないが、それは厳然たる事実だった。

狼の血を引くレアンは、リーミンのように額に埋めた水晶柱を持っていない。どんなに悔しくとも、レアンの〝力〟は、リーミンにもランセにも遠く及ばないのだ。

「おまえの〝力〟がどれほどのものであるか、知らないわけじゃない。だが、何も前線に出るだけが戦いではなかろう。他にいくらでも戦いようがある。軍を束ねる参謀も必要だ。それに我が軍では、圧倒的に神子も不足している」

ランセの言葉は、痛烈に突き刺さった。

参謀云々《うんぬん》は付け足しで、前線で役に立たないおまえは、後方で神子と一緒になって下働きをしろ。そう言われたも同然だ。

「もし、おまえが無理だと言うなら……そこの、神子を貸してくれるだけでもいいぞ」

ランセが突然目を向けたので、後ろで控えていたカーデマが飛び上がる。

そして泡を食ったように叫んだ。

「お、お待ちください！　ぼ、ぼくは、リーミン様の神子ですからっ」

レアンは、カーデマを安心させるように、目配せした。

「その者の言うとおりです。カーデマはリーミン様の神子。俺の勝手にはできません」

「では、そのリーミン様ご自身に来ていただく、というのはどうだ？」

ランセは、打開策はそれしかないだろうというふうに、口にする。

レアンは、青い双眸でじっとランセの顔を見据えた。

ランセの瞳は、自分と同じ青色だ。しかし、色目はかなり濃く、藍色《あいいろ》に見えた。

目的は、最初からリーミンの誘い出しだった。

リーミンは、アーラムでも知られた〝力〟の持ち主だ。強大なランセに匹敵する、あるいはそれ以上の〝力〟を有している。

美しいリーミンをそばに侍《はべ》らせ、さらにその〝力〟も利用できるとなれば、ランセが喉から手が出るほど欲しがったとしても、なんの不思議もなかった。

「申しわけないが、そのお話はお断りさせていただきます。リーミン様は我が伴侶《はんりょ》。戦いに行かせるなど、とんでもないことだ」

レアンは硬い声で断言した。

リーミンにとって、もっとも危険な相手、天帝と戦うなど、見過ごしにはできない。

「まあ、そう目くじらを立てるな」

「まさか、リーミン様にその話を？」

「いや、まだ話してはいない。伴侶のおまえがいない時に、こそこそはできんからな」

ランセはこれ見よがしに両手を広げて磊落《らいらく》に言うが、信用はできなかった。

自分の帰りがもっと遅ければ、リーミンの耳に直接そう囁《ささや》いていたかもしれない。

ともかく、事前に断ってくれただけ、まだましなのかもしれない。

ランセに協力を求められれば拒めない。しかし、リーミンをひとりで森に置いておくのも心配だ。

では、どうすればいいのか……。

考えたところで、すぐに答えが出る話ではなかった。

もっと自分に〝力〟があれば……。

もっともっと強大な〝力〟があれば、こんなに悩む必要もないのに……。

レアンの胸には悔しさだけがあった。

「ランセ殿、軍に加わる件、即答はできかねる。しばし猶予《ゆうよ》を貰えぬだろうか」

「いいだろう。今のところ、さほど急ぐ話ではない。いい返事を待っている」

「すまない」

レアンがそう謝罪すると、ランセはゆっくり席を立つ。

煌《きら》びやかな格好をした龍神に、レアンは一瞬気後《きおく》れを感じた。そして、瞬時に気弱な己を戒める。

「今日は遠方までお越しいただき、ありがとうございました」

「そうだ。軍に入る入らないは別として、一度リーミン様を我が宮殿にお連れしてくれ。天帝の宮殿に負けないところをお見せしたい。ぜひとも、よろしく頼む」

ランセは出口に向かいながら、すっとレアンを振り返った。

やはり、この男、リーミン様に並々ならぬ関心を持っているな。

レアンは腹の中でそう思いながらも、表面上は穏やかに答えた。

「そのうち、お邪魔させていただこう」

のだ。

「では、楽しみに待つとしよう」

曖昧《あいまい》に返したレアンを怒るでもなく、ランセは逆に上機嫌といった様子で館を出ていった

「レアン様、あの龍神には気をつけられたほうがいいですよ？」

ランセの姿が見えなくなって、すぐに声をかけてきたのはカーデマだった。

ふんわりした茶色の髪で縁取られた顔は、少年にしてはずいぶんと愛らしい。だが、カーデマは、大人しく主人の言いなりになっているような神子ではなかった。

「カーデマ、おまえも、そう思うか？」

「当たり前です。あいつ、リーミン様を物欲しげに見てて、ほんとにもう、こっちが恥ずかしくなるぐらいでした」

「物欲しげに見ていただと？」

聞き捨てならぬ言葉に思わず訊ね返すと、カーデマはこくりと頷《うなず》く。

レアンは、改めて怒りが湧き上がってくるのを感じた。

「やたらと、あなたはお美しい、とか連発して、ぜひ宮殿にお連れしたいって、今にもリーミン様をさらっていくんじゃないかと心配でした。リーミン様はもともと細かなことに注意が向くような方ではないし、ぼくが見張ってなかったら、どうなっていたことか……」

カーデマは、ちらりと窺《うかが》うようにレアンを見上げる。

「悪かったな、カーデマ。おまえがいてくれて助かった」

労《ねぎら》いの言葉をかけると、カーデマは満足げにつんと顎《あご》を上げた。

多少、自己顕示欲の強いところはあるが、カーデマのことは頼もしく思っている。

レアンは神子に微笑を向けてから、リーミンが待つ部屋へと向かった。

†

神酒で酔ったリーミンは、嫋《たお》やかな肢体を褥の上に横たえていた。

木の枝で組んだ土台に太い蔓《つる》をびっしりと張り、上に水鳥の羽毛を使ってふんわりさせた布団を置いている。リーミンが形のいい頭を乗せている枕にも、羽毛をたっぷり詰めてあった。

褥の近くまで行ったレアンは床に両膝をつき、穏やかな眠りについているリーミンをじっと見つめた。

この美しい神が自分の番《つがい》とは、今でも信じられない時がある。

しかも、最初は無理やりだったのに、今ではリーミンも自分の想いに応《こた》えてくれているのだ。

この至福を取り上げようとする者は、誰だろうと許さない。

天敵である天帝はもちろんのこと、味方の龍神ランセであろうと許してはおけなかった。だが、自分の〝力〟には限りがあり、それがレアンの唯一の悩みだ。

どうにかして〝力〟を得たい。

リーミンを二度と天帝に渡さぬために。

アーラムの諸神を従える天帝カルフは、リーミンの父親だ。それなのに、リーミンを溺愛《できあい》するあまり、女体に変えて無理やり妻にしようとしたのだ。リーミンがレアンの番《つがい》となってからも、森からさらっていって、ひどく陵辱《りょうじょく》した。

愛する者に与えられた暴虐に、レアンは〝力〟のない己をどれほど呪ったことか。

〝力〟さえあれば、リーミンを奪われたりしなかった。〝力〟さえあれば、リーミンを陵辱した者たちを、この手で始末できた。

けれども、ないものねだりをしても仕方がないのだ。

レアンは半神で、アーラムを統べる神々には到底敵《かな》わない。森を慈しんで大きく育て、そこから〝力〟を得るのがせいぜいの身だった。

「リーミン様……」

レアンは己を情けなく思いながら、愛する暁の神にそっと呼びかけた。

すると、リーミンが小さく吐息を漏《も》らして、レアンのほうにまともに美貌を向けてくる。

レアンは息をのんで、その美しいさまを見つめた。

なめらかな白い肌。額に乱れかかっている、金の絹糸のような髪。高く整った鼻も眉の形も申し分なく、甘く息をついている唇は、まるで口づけを誘っているかのようだ。

ことに美しいのは、感情によって色を変える瞳なのだが、残念ながら今は見えない。

しかし、リーミンは、レアンが見惚《みと》れていることに気づいたのか、ゆっくりまぶたを開けた。

「ん?……レアン、か……」

うっすら微笑んだリーミンに、レアンは心の臓の鼓動を高く跳ね上げた。

見つめていた瞳が、暁の色に染まり始めている。

「……リーミン様……」

レアンは掠《かす》れた声で囁きながら、そうっとリーミンの額に手を伸ばした。

宥めるように乱れた金の髪を掻き上げると、リーミンは笑みを深める。

「……レアン……」

レアンの手をつかんだリーミンは、そのまま口元まで持っていった。

赤い舌がちろりと覗《のぞ》き、レアンの長い指を舐《な》め上げる。

もともとリーミンは、互いの身体を重ねるという行為にもさほど嫌悪を示さない。

神酒の酔いも手伝ってのことかもしれないが、普段は薄い金の瞳が暁の色に変わったのは、リーミンが淫蕩《いんとう》な気分になっている証《あかし》だった。

求められていると知って、我慢などできるはずもない。

レアンはすぐさまリーミンの両頬を挟《はさ》み込んで、花びらのような唇を塞《ふさ》いだ。

「んぅ……く、ふ……」

しっとり表面を撫でるように舌を使うと、リーミンは明らかに甘さを増した喘《あえ》ぎを漏らす。

僅《わず》かな隙間《すきま》から舌を挿《さ》し込むと、リーミンのほうからも細い腕をレアンの首に巻きつけてきた。

甘い口中を、レアンは己の舌でくまなく探った。真珠の粒のように揃《そろ》った歯を、舌先で一本一本なぞり、それからリーミンの甘い舌を搦《から》め捕《と》る。

そのままそっと吸い上げると、薄い胸が激しく上下し始める。そしてリーミンのほうも、ねっとりと舌を絡めてきた。

甘い唾液《だえき》が溢《あふ》れ、レアンは心ゆくまでリーミンの唇を貪った。

「んん……っ、ふ、ぅ……く、ふ……っん」

口づけを続けながら、頬から細い喉、そして肩先へと手を伸ばす。

掌《てのひら》に感じる肌は吸いつくようで、そっと撫でていると、触れている部分が徐々に熱を帯びてくる。

薄い長衣をするりとはだけ、レアンは本格的な愛撫にかかった。

香《かぐわ》しい唇を塞いだまま、平らな胸の中で赤く尖《とが》った粒をつまむと、リーミンは我慢がきかなくなったように腰をくねらせる。

「んんっ……ふ……ぅ」

「リーミン様……」

口づけをほどいたレアンは逞《たくま》しい身体を褥の上に乗り上げ、さらに濃厚な愛撫を加えた。

胸の赤い粒を口に含んでちゅくりと吸い上げながら、下肢にもそっと手を滑らせていく。

リーミンの薄い長衣を裾から腰まで捲《めく》り、すべらかな足を優しく撫でさすった。

「や……んんっ」

腿《もも》の内側に手を入れ、徐々に足を開かせていくと、リーミンは待ちきれないように小さく腰を突き上げてくる。

奔放《ほんぽう》な様子に、レアンはかすかに笑いながら、胸から腹、そしてさらにその下へと舌で舐めていく。

「リーミン様はどこを舐めても極上の甘さだ」

「あっ、……ん」

リーミンが熱い吐息をつくたび虹色の輝きを放つ薄い布。それがしなやかな身体に巻きついているのも風情《ふぜい》があるが、最後には邪魔になる。レアンは小さく〝力〟を使い、腰に巻いた細い帯をはらりとほどいた。

平らな腹にある臍《へそ》の窪《くぼ》みが可愛らしい。

「ここも、舐めてあげましょう」

レアンは小さな窪みに尖らせた舌を入れた。ゆるゆる舐めまわしていると、リーミンは焦《じ》れたように、小刻みに腰を震わせる。

「レアン……早く……っ」

こんなふうに催促されては、レアンも焦らしてばかりはいられなくなる。

臍の下では、レアンの舌戯《ぜつぎ》で張りつめた花芯《かしん》が愛撫を待ち焦《こ》がれるように震えていた。形のいいものが、白い腹につくほど反り返っている。

自分の手でこうなったかと思うと、愛しさが倍増する。

レアンは熱く息づく先端をそっと口に含んだ。

たったそれだけのことで、リーミンがぶるりと腰を震わせる。

「ああっ」

口からは甘い嬌声《きょうせい》が上がり、レアンが口に含んだものも、どくりと強く脈動した。

レアンは根元まで咥《くわ》え、それから口を窄《すぼ》めて擦《こす》り上げる。

「あ、……んっ、……レアン……気持ち、いい……っ」

必死に胸を喘がせながら訴えるリーミンが愛しかった。

含んだものの先端から、甘い蜜が溢れている。舌の先を尖らせて、その甘い蜜をたっぷり味わい、時折くびれにも舌を絡ませる。

レアンは技巧を凝《こ》らして口淫しながら、感じやすい胸の粒も指でくりくりとこねまわした。

「いやだ……、そんなにしたら、……すぐ、……出てしまう、だろ……っ」

魅惑的な声で訴えられて、レアンは仕方なく愛撫を中断した。

が、花芯から口を離すと、リーミンはすぐ不満げに顔をしかめる。

「どうなさいました？　口でするのは、おいやだったのでしょう？」

少し意地悪く訊ねると、リーミンは形のいい眉をひそめる。そして、レアンの言動を咎めるように、熱に潤《うる》んだ暁の瞳でにらんできた。

「ちゃんとしてくれなければいやだ」

「では、どうすれば、お気に召しますか？」

優しく問いかけると、リーミンは僅かに首を傾《かし》げて考え込む。

そして、ややあってから、レアンが驚くような答えが返ってきた。

「まずはその無粋なものを脱いでしまえ」

「俺の服、ですか？」

レアンはリーミンを跨《また》いだ格好のままで、逞しい上体を起こした。

己の姿に視線を落とし、くすりと笑いたくなる。

リーミンが日頃から、この質素な服を気に入っていないことを思い出したのだ。

「私が脱がせてやってもいいぞ」

「わかりました。では、リーミン様のお好きなようになさってください」

レアンは、リーミンの手で脱がせてもらえるのかと期待したが、変化を見せたのは違う場所だった。

なめらかな額の中央が、宵闇《よいやみ》と暁の光が入り交じったような輝きを発する。

あっと思う間もなく、レアンの服は跡形もなく消え失せた。

アーラムの神々はその額に、〝力〟の源となる水晶柱を埋め込んでいる。リーミンはその〝力〟を行使したのだ。もっと大きく〝力〟を使う時は、額から水晶柱を取り出すが、服を脱がせる程度のことなら、それを念じるだけで済む。

「おまえの身体は美しい。だから、隠しているのはもったいない」

「……リーミン……様……っ」

あまりの驚きで、レアンはそれきり絶句した。

「どうした？　驚くようなことではないだろう。おまえの身体は充分に美しい。私にはない力強さがあるし、ごつすぎないのもいい。それに、私はおまえの顔も好きだぞ。銀色の髪は、おまえが狼の時と同じだし、瞳の青も気に入っている」

思いがけない言葉が続き、レアンは不覚にも涙をこぼしそうになった。

嫌われていないことは知っていたが、容姿を気に入っていると、これほどはっきり告げられたのは初めてだ。

ふと気づくと、リーミンの視線はレアンの下肢にも注がれている。

愛する番《つがい》を早く抱きたくて、不遜《ふそん》に鎌首をもたげた男根だ。狼の名残で表面には歪《いびつ》で醜い瘤《こぶ》もある。

なのにリーミンは暁の目を淫《みだ》らに潤ませ、その醜い形のものに繊手《せんしゅ》を伸ばす。

「くっ」

やわらかく両手で包み込まれて、レアンは思わず呻《うめ》きを漏らした。

身の内を圧倒する快感で、欲望がさらにどくりと膨《ふく》れ上がる。

「失礼します」

レアンは我慢がきかず、リーミンの腰を荒々しく抱き上げた。

男根からは自然と手が離れてしまったが、今はそれよりもっと切実な欲望に突き動かされている。

手で触れられるより、早くリーミンの中に滾《たぎ》ったものを埋め込みたかった。

細い身体を褥に押しつけるように俯《うつぶ》せにして、そろりと白い尻を撫でまわす。

「ああ、ん」

甘い声が上がったのに安心し、レアンは固く閉じた窄まりにも指を這《は》わせた。
二、三回往復させているうちに、そこが徐々にゆるんでくる。頃合いを見て口を近づけていくと、そこはまるで別の生き物のように小刻みに震え、僅かに赤い粘膜を覗かせた。

唾液《だえき》をたっぷり塗り込めるように舌を這わせて舐め上げる。

「あ、……っ、んん……ぅ」

リーミンは連続して甘い声を上げながら、レアンの愛撫に身を委《ゆだ》ねている。

抵抗がないと知って、レアンは尖らせた舌をリーミンの中まで忍び込ませた。

「やっ……あぁ、……っ」

唾液で濡れた蕾《つぼみ》は抵抗なくレアンの舌を奥まで受け入れる。

繊細な襞《ひだ》をくまなく撫でるように舐めながら、固い場所をほぐしていく。

「んっ……、ふ、くぅ」

リーミンの呼吸がさらに激しくなる。

前に手をまわして様子を窺うと、張りつめた花芯もたっぷり蜜を溢れさせていた。

「も、っ……は、早く……っ」

淫蕩な準備に耐えられなくなったのか、リーミンがあえかな声を出しながら腰を震わせる。

レアンはやわらかく息づいている蕾から舌を抜き、リーミンの細い腰を持ち上げた。

ゆるく胡座《あぐら》をかく体勢で、リーミンを向かい合わせで抱きつかせる。腿の内側に手を当て、そっと開かせてやると、しとどに濡れた蕾にちょうど、獰猛《どうもう》に滾ったものが触れた。

「あ……ん」

熱さと硬さに驚いたように、甘い吐息がこぼれる。

「さあ、リーミン様、ご自分で……」

乱れた金色の髪から形のいい耳が覗いている。レアンはそこに甘い囁きを落とし、やわらかな耳たぶにつけてある小さな宝玉の飾りにも、ついでのように舌を這わせた。

「んっ……」

いちだんと甘い声を上げたリーミンが、首に両腕をまわし、縋《すが》りついてくる。

レアンの剛直に合わせようと淫らに腰をくねらせる姿に、愛しさがさらに込み上げた。

「リーミン様」

我慢がきかなくなったレアンは、リーミンの腰を押さえ、自ら滾ったものを突き上げた。

蕩《とろ》けた蕾はなんなく硬い切っ先を受け入れる。

だが、男根の巨大さに怯《おび》えたのか、リーミンがふるふると首を振った。

「やっ……」

「大丈夫ですよ、リーミン様。俺はじっとしてます。だから、リーミン様のお好きなようになさってください」

優しくそそのかすように囁くと、リーミンは潤んだ暁の目でじっと見つめてきた。

「おまえのは……大きすぎるから……少し怖い」

甘えるような声がレアンをさらに興奮させる。

我知らず腰を突き上げると、また少し、滾ったものがリーミンの中にめり込んだ。

「あ、あぁ……あ……」

リーミンは甘い悲鳴を上げて仰《の》け反《ぞ》る。ぴんと両足を突っ張らせたが、それも長くは続かない。力が抜けるに従い、自らずぶずぶと突き刺されていった。

熱くうねるような粘膜に包まれて、男根がさらに膨れ上がる。

「や……っ、また、大きく、なっ……」

「すごく気持ちがいいですよ。リーミン様の柔襞がまとわりついてくる。俺を歓迎してくださっているのですね」

レアンはリーミンの耳元に甘く囁きながら、腰を左右に揺らした。

「やっ……！」

突起が特に敏感な部分に擦れたのか、リーミンはぶるりと震える。

レアンは細い腰を両手でつかみ、突き刺さった楔《くさび》を中心にゆっくりと回転させた。

「や、あっ……そんなにしたら……あ、く、ふっ」

リーミンの口からこぼれる喘ぎがさらに甘くなる。

「気持ちがいいのですか、リーミン様？」

リーミンの腰をまわしながら、時折下からもぐんと突き上げる。

そのたびに、内壁が妖しくざわめいて、レアンを締めつけてきた。

「んっ、気持ち……いいっ、あ、ああっ……、レアン……っ」

こんなことを言われては、もう悠長に構えてはいられない。

レアンは大きく突き上げて、太い先端でリーミンの最奥を掻きまわした。

リーミンは自分からも腰をくねらせて、貪欲に快感を貪っている。

上体が揺れるたびに金の髪が乱れ、あたりに光の粒をまき散らした。

「もっと乱れてください、リーミン様……ランセがどんなに羨《うらや》もうと、あなたを抱いていいのは俺だけだ」

「レ、アン……ああっ、もっと……もっと、駄目……っ、ああっ」

リーミンは奔放に声を上げ続ける。

大人しくリーミンを乗せているだけでは我慢できなくなり、レアンはリーミンの足をつかんだ。ぐっと上に上げさせ、中に楔を穿《うが》ったままでぐるりと細い腰をまわした。

乱暴な動きで肉茎の瘤が狙ったように敏感な壁を抉《えぐ》った。

「やああっ！」

リーミンは悲鳴を上げたが、それを無視して腹に手をやり獣が番《つが》う体勢を整える。

ぐっと、思いきり前に腰を突き出し、リーミンを奥の奥まで貫いた。

そのまま激しく腰を使って、ぬぷぬぷと凶器を出し入れする。

「や、ああっ、あ、……っ！」

リーミンはくぐもった叫びを上げながら、レアンの手にとぷりと精を吐き出した。

ぎゅっと締めつけてくる壁を無理やりこじ開け、最奥に達したところでレアンもたっぷりと欲望を注ぎ込む。

だが、一度吐き出したぐらいでは興奮が収まらない。それに狼の男根は子種をすべて出し尽くすまで萎《な》えることがなかった。

「リーミン様、もう一度……今度はゆっくりしますから」

レアンは宥めるように囁いて、三度《みたび》体勢を変えた。

リーミンに負担をかけないように、上体を起こしてそのまま胸に抱き留める。

それだけ動いても、繋《つな》がったままの男根は抜けない。

「あ、あぁ……」

リーミンを抱きしめ、華奢《きやしや》な肩越しに覗き込むと、リーミンの花芯が再び頭をもたげようとしていた。

欲しがっているのは自分だけじゃない。

レアンは満ち足りた思いで、口元をほころばせた。

リーミンが求めてくれるなら、徹底して快楽を与えたい。

そしてレアンの思いを察したように、褥の形が変化し始めた。

褥はすべて森の木で作ってある。木枠は頑丈な枝で組み、太い蔓を縦横に張ってあった。

その木枠や底部のあちこちで、薄い緑の蔦《つた》が芽吹いていた。シュルシュルと密やかな音を立てながら、いっせいに茎《くき》を伸ばし、次から次へと先端が枝分かれしていく。伸びきった一番先の部分には白い繊毛が生えていた。

「あ、……何……？」

白い肌の上をその繊毛がくすぐるように這いだす。

びくりと震えたリーミンは、腹にまわされたレアンの手をぎゅっと押さえてきた。

「蔦もリーミン様に触れたいらしい」

「蔦は……いや……っ」

リーミンはふるりと金色の頭を振るが、とても本気とは思えなかった。

その証拠に、蔦の動きに合わせ、蕩《とろ》けた内壁が収縮し、きゅっと中のレアンを締めつけている。

「おいやではないでしょう？」

「んっ」

子供のように口を閉ざしてしまったリーミンを、いっそう愛おしく思った。

そうしている間にも、何本もの蔦が伸びて、なめらかな肌の上をさわさわと滑っていく。

敏感な部分を刺激されるたびに、リーミンはびくんと細い身体をくねらせた。

「ああ、……」

リーミンが身体を跳ねさせれば、それがまた大きな快感となってレアンを襲う。

両腕でしっかり抱きしめながら、レアンは白いうなじに口づけた。

「やあ、っ！」

蔦がいよいよリーミンの花芯に巻きつき始める。他の何本かは、胸の尖りに戯《たわむ》れかかっていた。

感じるたびに、リーミンがしなやかに仰け反り、何もしなくても剛直が熱い壁で擦られる。えもいわれぬ悦楽で、レアンはさらに興奮した。

「やだ、また、大きくなった……っ」

「そうです。リーミン様が欲しくてこうなります」

「や、だ……っ」

リーミンはいやだと首を振るが、声はこれ以上なく甘く響く。

花芯に巻きついた蔦は、また新たに枝分かれして、そのうち一番長く伸びたものが、甘い蜜をこぼす窪みを狙っていた。

レアンは蔦の狙いを助けるように、リーミンの足に手をかけて、いやらしく開かせた。膝が曲がった状態なので、子供に排泄させる時のような格好になる。

「レアン……こんな格好……っ」

羞恥を覚えたリーミンが、レアンの手から逃げようと、ぐんと腰を前に突き出す。

その仕草は、もっともっと愛撫が欲しいというようにしか見えなかった。

リーミンの花芯は相変わらずだらだらと蜜をこぼしている。その濡れた亀頭に、とうとう蔦の先端がたどり着いた。白い繊毛が五、六本、するっと伸びて花芯の先端をわしづかみにする。

「やっ……んんっ」

繊毛は亀頭を揉《も》み込むように伸び縮みして、リーミンに甘い声を上げさせる。

リーミンの愉悦は、繋がった部分から直接レアンにも伝わった。

息遣いが激しくなり、そのたびに淫らに締めつけられる。

蔦の繊毛はそのうち、別の動きを始めた。大きく広がっていた繊毛が、今度はひとつの束になり、先端がくるりと丸まる。

蔦の狙いは甘い蜜を溢れさせている窪みだった。

「リーミン様、蔦の先が中に入りたがっているみたいですね」

「や、レアン……やめさせて……っ、な、中はいやだっ」

リーミンは焦ったような声を上げるが、その時はもう丸まって小さな玉になった繊毛が蜜口の中に入り始めていた。

レアンは宥めるように開かせた腿の内側を撫でた。

「蔦はリーミン様の甘い蜜が好きなのですよ。それに、リーミン様も、こうされるのがお好きなはず……そうですよね？」

レアンは形のいい耳に口を寄せ、甘く囁いた。

「やっ、や……あぁ……な、中で、の、伸びて……いくっ」

蔦は嬉しげに震えながら、リーミンの蜜口を犯していた。ゆるりと波打ち、勢いをつけるように、細い管の中を進んでいく。

それに合わせ、リーミンの締めつけがひときわ強くなった。

「奥まで届いたようですね」

「ああ……あぁ、んっ」

リーミンは悶絶《もんぜつ》したように、ぐったりとレアンの胸に倒れかかる。

横から覗いてみた顔は、信じられないほど美しかった。薄く開いた口が甘い息をつく。涙の溜まった目尻に、薄赤く染まった頬。

強大な〝力〟を持つリーミンが、アーラム一の美神と謳われるリーミンが、半神にすぎない自分と繋がって悦《よろこ》んでいる。

「気持ちいいですか、リーミン様?」

「んっ」

「俺もですよ……でも、これぐらいじゃ足りないでしょう？　リーミン様はいやらしいお身体をしておられるから……」

「わ、私の身体は、いやらしい、のか?」

「はい、とても……。さあ、リーミン様、もっともっと気持ちよくなりましょう」

レアンはゆっくり腰を突き上げた。

前を完全に塞がれたリーミンは、さらに内部を締めつけてくる。蔦の先端が届いたあたりを内側から狙うように、埋め込んだ男根を旋回させた。

「ああっ！」

リーミンは切羽詰《せっぱつ》まったような声を上げ、ぶるぶると腰を震わせる。

レアンはさらに悦楽を与えようと、同じ場所を連続して瘤の部分で抉ってやった。

「やあ……っ、も、もう……達《い》きたい……っ、蔦、取って……いやだ、っ」

リーミンは狂ったように嬌声を上げる。

限界が近いと見て、レアンは腰の動きを速めた。

リーミンの足をつかんだままで、何度も下から突き上げる。時にはリーミンの腰のほうをぐいっとまわしてやる。

レアンの動きに連動して、蔦も嬉しげにリーミンの肌を動きまわる。管の中に入り込んだ蔦も、小刻みに動いてリーミンを狂わせていた。

「ああっ……あ、うぅ……、あ、ふっ」

甘い喘ぎが天上の音楽のように聞こえる。

レアンも限界が近くなり、いっそうリーミンを抉る動きを速めた。

「さあ、リーミン様、一緒に達きましょう」

「あ、……レアン……ああっ」

中に埋めた男根が、ぐぐっと体積を増す。絡みついてくる襞を抉りながら、最奥まで太い凶器を届かせる。

「くっ」

レアンは低く呻いて熱い迸《ほとばし》りを最奥に浴びせかけた。

達する瞬間、細い管に埋めた蔦を引き抜く。栓《せん》がなくなって、リーミンは勢いよく精を吐き出した。

びゅくっと飛んだ白濁が、高貴な顔にまでかかってしまう。

レアンはその滴《しずく》を指で拭《ぬぐ》ってやり、そのあと、ぐったりしているリーミンを抱きしめた。

立て続けに精を放ったが、男根はまだ力を失っていない。

「まだ足りない。リーミン様も、もっと欲しいでしょう?」

「ん……」

リーミンはあえかに答えたが、さすがにもう限界のようだ。

レアンはリーミンと後背位で繋がったままで、褥の上に横たわった。

横になっても、リーミンは完全に腕の中で、交わりもほどけない。

「それじゃ、このまま朝まで繋がっていましょうか」

「朝……まで？」

舌足らずな言い方は、日頃の高慢さとまったく逆で可愛らしい。

「そうですよ、リーミン様。朝までずっとこのままです。眠くなっても大丈夫……しっかり抱いてますから……いいですね？」

「ん……おまえが、そうしたいなら……でも、私はもう……」

眠そうな声が上がったのを最後に、腕の中のリーミンは糸が切れたように眠りにつく。

レアンはひとつに繋がったままで、リーミンの乱れた髪を梳き上げた。

† 懐かしい銀狼の森

「リーミン様、レアン様。いつまでも寝ておられては困ります。そろそろ起きてくださいませ」

遠慮のないカーデマの声が、扉の向こうから聞こえてくる。

レアンはふっとまぶたを開けた。

腕の中にはまだリーミンがいて、細い身体を無意識にくねらせる。

そのとたん、強烈な快感に襲われ、レアンは声を堪《こら》えるのに苦労した。

昨夜、宣言したとおり、レアンはまだリーミンの中にいたのだ。眠っていたにもかかわらず、埋め込んだものは萎えきってはいなかった。それどころか、リーミンの甘い締めつけに反応して、またむくりと張りつめそうになっている。

レアンは強く自制しながら、カーデマの呼びかけに応えた。

「もう少ししたら出ていく。リーミン様がまだ眠っておられる」

「わかりました。でも、早くしてくださいね。レアン様宛の便りを持った鳥が来ておりますから」

カーデマはそっけなく言って、入り口の扉から離れていった。

レアンは首を傾げながらも、注意深くリーミンの中から反応しかけた男根を引き抜いた。このまま放っておけば、狼の習性で、精を放つまで抜けなくなってしまう恐れがあった。完全に抜き取ってしまうと、昨夜幾度も放った精がとろりとこぼれてくる。

「んっ」

甘い吐息が上がったが、リーミンはまだ深く寝入っているようだ。

レアンはそっと寝台から出ると、最小限の〝力〟でリーミンの身体をきれいにし、自分の身なりも整えた。

生成り色の質素な上衣に、動きやすい黒の脚衣。基本はいつでも変わらない。

そしてレアンは寝室をあとにし、使者が待つ居間へと向かった。

「便りとは誰からだ？」

レアンが問うと、カーデマは面倒くさそうに部屋の窓を指さした。

「そこにいる、そいつに訊《き》いてください」

窓枠に止まっていたのは、長く鮮やかな尾羽を持った青い鳥だ。掌と同じぐらいの胴体で、肢に小さな筒状のものが結わえてあった。

高位の神々は必要としないが、下界の半神や神子は、通信用によくこの鳥を使う。

窓まで歩いていって手を出すと、青い小鳥がさっと飛び乗ってくる。

『レアンサマニ、シャガルサマカラオテガミデス』

不明瞭《ふめいりよう》な声で告げられ、レアンは鳥の肢からそっと筒状のものを取り外した。

手紙は〝力〟を使って封印してある。レアン以外の者に見られないように配慮してのことだ。

「ご苦労だった」

レアンはそう声をかけて手紙を開いた。レアンが触れた時点で封印は解けている。

中に目をとおすと、レアンの育ての親、シャガルからの便りだった。

シャガルは何年か前まで、リーミンの母でもある湖の女神の元で、神子として仕えていた。

今は引退して、湖の館近くでひとり暮らしを続けている。

そのシャガルが、自分はもう年で、死期が近づいていると知らせてきたのだ。

死ぬ前に、一度会いに来てほしい。渡したいものがあるという内容だった。

「お婆様が……」

レアンは呻くように言って、手紙を握りしめた。

だが、こんなことで動揺など見せていられない。

「返事を書くから、少し待っていてくれ。カーデマ、この鳥に何か食べさせてやってくれ」

気を取り直して頼むと、カーデマはつんと顎を上げる。

「こいつ、けっこう態度でかくて可愛げがないんですよ？　でも、仕方ない。遠いところから飛んできたんだから、餌《えさ》ぐらい食べさせてあげるよ」

相変わらずの物言いだったが、カーデマは鳥に向かい、ついてこいというように顎をしゃくる。青い鳥は大人しくカーデマのほうに飛んでいった。

「どうしたものだろう……」

レアンはため息交じりで独りごちた。

しかし、その時、ふいに背後から声をかけられる。

「どうしたものだろうとは、困ったことでもあったのか？」

「リーミン様……起こしてしまいましたか？　すみません」

立っていたのは優美な長衣を着たリーミンだった。

乱れたところはどこにも残っていない。金色の髪を背中に流したリーミンは、文字どおり、光り輝くような美しさだ。

「おまえのせいじゃない。カーデマの声がうるさすぎるのだ。……それで？」

リーミンは部屋の中央に据えた卓子につき、重ねて問いかけてくる。

レアンは隣に腰かけて、しばし沈黙を守った。

どう話を進めたらいいか考えていると、リーミンが再び口を開く。

「困った問題が起きたのなら、私にそう言えばいい。なんとかしてやる」

リーミンは水晶柱の〝力〟を使うことを考えているのだろう。

レアンは言葉を選んで、手紙の内容を伝えた。

「俺の育ての親が、会いに来てほしいと手紙を寄こしました」

「それなら、すぐに会いに行けばいいだろう」

「そう単純なことではありません」

「単純じゃないとは、どういうことだ？」

「俺の育ての親が棲んでいるのは、湖の館の近くです」

そこまで明かすと、リーミンが僅かに顔をしかめた。

「湖の館か……」

苦い表情をしているのは、リーミンと、その母親である湖の女神との関係が、あまりよいものではないせいだろう。

「俺は……」

レアンはそう言いかけて、口を噤《つぐ》んだ。

どうすればいいか、判断がつかない。

シャガルは恩人だ。死期が近づいているというなら、ぜひとも会いに行きたかった。

だが、リーミンをここにひとりで置いておくのは心配だ。かといって、リーミンを連れていけるような場所でもない。

天帝はいまだに諦《あきら》めていないだろう。そして湖の館は、天帝が支配する地にある。

どちらも選べず、レアンは苦悶の表情を浮かべた。

「レアン、どうしたのだ？　育ての親からの便りは、そんなにひどいものだったのか？」

「死期が……近づいていると……」

仕方なく明かすと、リーミンは呆れたような顔になる。

「それなら、急いで行かなくてはな。母上には会いたくもないが、おまえの育ての親はもう神子ではないのだろう？　だったら大丈夫だ」

「ちょっと、待ってください、リーミン様。まさか、リーミン様も一緒に行くとおっしゃるのではないでしょうね？」

レアンは慌《あわ》てて問い返した。

しかし、リーミンは怪訝そうに首を傾げただけだ。

「湖の館の近くだというなら、おまえをひとりでは行かせられないだろう。私が一緒についていく」

「だから、リーミン様こそ、危ないではないですか。天帝は……万一、天帝に見つかったら、どうするのですか？」

レアンは激しく抗議した。

「水晶柱はもう我が手にある。強力な結界を張って気づかれぬようにするから、大丈夫だ。水晶柱を使えば、結界の偽装もできる」

「駄目です！　行かせられません！　本当は、ここで待っていていただくのも心配なのです。

俺の留守中に、またランセが来るかもしれない」

「ランセとは、昨日ここに来た、あの者か？　別に、あの者がまた訪ねてきたところで、どうということもないだろう。昨日だって、おまえが留守でもちゃんと相手をしてやったぞ」

リーミンはなんでもないように言う。

それこそが心配なのだ。

レアンはそう言いたかったが、リーミンが理解してくれるかどうかは怪しかった。

「とにかく、どうすればいいか対策を考えます。方針が決まれば、ちゃんと事前にご報告しますから」

レアンはそう言いながら、無理やりリーミンから視線を外した。

顔を見ていると、まともな判断ができなくなる。

「待て、レアン。考えるとはいつまでの話だ？　おまえの育ての親は、今にも死にそうなのだろう？　一刻も早く行くべきだ。なのに、何を悠長なことを言っている？」

「ですから、リーミン様にどうしていただくのが一番安全か、確信が持てない限り、俺は行けません。それに、出かけるとしても、俺ひとりです」

レアンは懸命に言い含めた。しかし、リーミンの機嫌は目に見えて悪くなる。

「レアン、おまえは私をなんだと思っている？」

不機嫌さをあらわにした声に、レアンは背筋が凍りつくような思いだった。

リーミンの瞳が宵《よい》の色に変わりつつある。これは激しい怒りなどを感じた時の色合いだ。震えがくるほど美しいが、危険な色でもある。

そこへ見かねたように割り込んできたのはカーデマだった。

「おふたりとも、いい加減になさいませ。特にレアン様。お気持ちはわかりますが、今のお話を伺う限り、リーミン様のおっしゃることのほうが、筋がとおっていると思います」

ぴしゃりと決めつけられて、レアンはぐっと奥歯を噛みしめた。

冷静さを欠いている。

それをリーミンの神子にまで指摘されるとは、自分自身に腹が立って仕方がなかった。

認めたくはないが、自分よりリーミンのほうがずっと強い〝力〟を持っている。

だから、いくらレアンがリーミンを守りたいと望んでいても、この実力差では、滑稽《こっけい》なだけだった。

「レアン、少し冷静になれ。とにかく、私はおまえの育ての親という者に会ってみたい。名前はなんというのだ？　母上に仕えていたなら、もしかしたら、私も顔を覚えているかもしれない」

「名前はシャガル、です」

「そうか……覚えがないな」

リーミンは首を傾げた。

「身分の低い神子でしたから……俺の育ての親は下働きが専門でした」

レアンはそう言いつつ、子供の頃に何度か通った湖の女神が棲む館を思い出していた。

幼いリーミンと最初に出会ったのも、育ての親を訪ねた時だ。

「レアン、私を一緒に連れていけ。そして、育ての親に会わせてくれ」

リーミンはレアンに近づき、そっと腕に触れてくる。

子供を宥めるように、ぽんぽんとその腕を叩《たた》かれ、レアンは大きくため息をついた。

ここまでされては、ひとりで意地になっていても仕方がない。

「わかりました。おっしゃるとおりご一緒にお連れします」

「そうか」

「ですが、どうかお願いです。何かあった時は、すぐにお逃げください。それと危ない真似は絶対になさらないでください。俺のことはいいですから、ご自分の身の安全だけ考えて、常に注意を怠らないと、お約束ください」

「ああ、気をつけよう。レアン、おまえを育てた者に会うのが楽しみだ」

機嫌を直したリーミンは、そう言ってかすかに微笑んだ。

そしてレアンは胸の内で、再び深いため息をついたのだった。

森の神であるレアンと暁の神リーミンは、東の地から巧妙に伸ばした結界をとおって、湖の女神の館近くまで戻ってきた。

天帝が棲む七層の宮殿からはけっこう距離があったが、それでもここが敵地であることに変わりはない。

リーミンが水晶柱で作り出した結界は強力で、たとえ天帝といえども、そう簡単に見つけ出せないものだった。

神子のカーデマも茶虎の猫の姿で従っている。カーデマ自身はほとんど〝力〟を持っておらず、変化はいつもリーミンがしてやっていた。

小さな草花が咲き乱れる丘の麓《ふもと》に、粗末な小屋が建っている。

レアンがリーミンとともに、そこを目指して歩いていくと、カーデマはさっと別の方向へと駆けだしていった。猫の姿の時は、少しもじっとしていない。そこらを探検せずにはいられないようだ。

「お婆様、手紙を貰ってすぐに飛んできました。レアンです」

レアンはそう声をかけて、粗末な小屋の扉に手をかけた。

中に入ると、ひとつきりの部屋で、年老いた老婆が寝台に横たわっている。

「おお、レアンか……」

老婆は嬉しげな声を上げて、寝台から身を起こした。

薄茶色の麻地の上衣を着て、真っ白になった髪を後ろで髷にしている。

「どうぞ、そのまま寝ていてください」

レアンは急いで奥に移動し、シャガルの肩に手を添えた。

子供の頃は頼もしく思えたその肩が、折れそうなほど薄くなっている。

「おまえが会いに来てくれて、これほど嬉しいことはない」

レアンは恩ある人へ孝養を尽くせないことに、強い呵責《かしやく》を覚えながら微笑みかけた。

「長くご無沙汰してしまい、申し訳ありませんでした。今日はお婆様に紹介したい方を連れてております」

レアンはそう言って、リーミンを振り返った。

純白の長衣を着たリーミンは、優雅に歩み寄ってくる。

その光り輝くような姿を見たシャガルは、感動のあまりか、目から涙を溢れさせた。

「おお、……おお……、あなた様は、暁の幼児……リーミン様」

懐かしげに呼ばれ、レアンの隣に並んだリーミンはすっと腰をかがめた。

「私を知っているのか?」

「はい……はい……あなた様がお生まれになった時、最初に子守歌を歌って差し上げたのは、我でございます」

思いがけない言葉に、レアンは青い目を見開いた。

シャガルはずっと下働きだったので、まさかそんなにリーミンのそば近くにいたとは思わなかった。

リーミンも訝《いぶか》しく思ったようで、首を傾げる。

「すまぬ。私はそなたを覚えておらぬ」

「はい、あなた様をこの腕でお抱きできたのは、最初の誕生日を迎えられる頃まででした。我は、イラーハ様のご不興を被《こうむ》り、下働きに格下げされてしまいましたので」

「そうだったのか」

リーミンは静かに答える。

イラーハというのは湖の女神の名前。リーミンの実の母親のことだ。

「本当に、美しくおなりで……死出の旅路につく前に、こうしてお目にかかることができて、我は幸せ者です」

シャガルは感極まったように、リーミンの手を自分の皺《しわ》深い両手で握りしめた。

普通なら、払《はら》い除《の》けられても仕方がないところだが、リーミンは鷹揚に許している。

レアンはその心遣いが嬉しかった。

「お婆様、以前伝えたとおり、リーミン様は我が番《つがい》となってくださった」

「おお、おお、そうじゃの……おまえはなんと果報者よ……暁の美神と謳われたお方を伴侶としてお迎えできるとは……。レアン、心してお仕えせよ。よいな？」

「ああ、わかっているよ。だから、お婆様もすぐに死ぬなどと言わずに、もっと元気を出してほしい」

レアンは心からそう言ったが、シャガルはゆるく首を振る。

「この世で永遠に生き続けられる者はいない。リーミン様のような高位の神でおわしても、いずれは寿命が尽きる。もちろん我のように下級の者とは、その長さは次元が違うがの。それに神々であっても、深い傷を負えば同じこと。いくら〝力〟が強くとも、死者を生き返らせることも叶わぬ」

しみじみとした口調で言われ、レアンは胸が絞られたように痛んだ。

レアンの母親も、神であったにもかかわらず、早くに亡くなっている。

「ところでお婆様。俺に話があるとか」

「おお、そうじゃ。そのことよ」

シャガルはしっかりと背筋を伸ばした。

長い話になると予感したレアンは、〝力〟を使って床材を変形させた。そして椅子を二脚用意して、リーミンをかけさせ、自分も腰を下ろす。

「リーミン様、何か飲み物でも用意しましょうか？」

「いや、いい。それより、私も一緒に話を聞いてよいのか？」

リーミンの言葉に、シャガルは丁寧に頭を下げる。そして静かに語りだした。

「リーミン様にも聞いていただけるとは、嬉しい限りです。話はこのレアンの両親にまつわるもの」

「レアンの親？」

「はい。ご存じのとおり、レアンの父親は、下界にある森を治める狼でした。獣とはいえ、長年森を支配してきたお陰で〝力〟を持ち、人形《ひとがた》に変化することもできました。ある日、なんの気まぐれか、天上界から美しい女神が降臨され、森の支配者たる狼を見初《みそ》められました。それからほどなくして、レアンが生まれたのです」

両親の話を聞くのは初めてではなかったが、レアンは自然と居住まいを正した。

そして、ふとリーミンが不快に思うのではないかと不安になり、様子を窺う。

だがそんな不安は無用だった。リーミンはただ静かにシャガルの話に耳を傾けている。

「しばらくの間、ふたりは森で幸せに暮らしておりました。しかし、あまり高位のお方ではありませんでしたが、女神は天上界に属する者。下界の狼の伴侶になったのは、許されることではありませんでした」

「ふたりの邪魔をした者がいたのか？」

リーミンが突然、不快げな声を上げる。

シャガルは悲しそうに、灰色の目を細めた。

「天上界から何人かの神がやってきて、女神を無理やり森から連れ去ろうとしたのです。ふたりは懸命に抵抗しましたが、もとより〝力〟の差がありすぎます。追いつめられたふたりは、赤児《あかご》だったレアンを我に預け、さらにむなしい戦いを続けたのです」

「あの者たちのやり口は、いつも同じだ」

リーミンは怒りに駆られたように吐き捨てる。

理不尽な理由で天上界を追われ、森で暮らし始めたら、また無理やり天界に戻された。同じような経験をしているだけに、許せなかったのだろう。

「ふたりの最期《さいご》がどのようなものであったのか、我は知りません。風の噂で、激しい戦いの末に亡くなったとだけ聞いたのです」

「むごいことを……」

リーミンは悔しげに唇を震わせる。

その気持ちが嬉しくて、レアンは宥めるようにリーミンの肩を抱き寄せた。

両親がたどった苦難の道。それをリーミンには決して味わわせてはならないと、決意も新たにする。

「それでじゃ、レアン。おまえに話があるとはここからじゃ」

シャガルの口調が変わり、レアンはふと眉をひそめた。

「いったい、何を？」

「うむ……おまえには今まで秘していたが、実は、女神がおまえにと遺《のこ》されたものがあるのじゃ」

シャガルは何故か言いにくそうに言葉を濁す。

「母上が俺に遺したもの？」

「ああ、そうじゃ。それが届けられたのは、ふたりが亡くなられたあとずいぶん経ってからじゃった。遠い地より、鳥や獣、それに虫、他にも色々な者どもが力を合わせて、我の元まで届けてくれたのよ」

シャガルはそこでふっつりと口を噤む。

なかなか本題に入ろうとしないシャガルに、レアンはふうっと息をついた。

「いったい何を届けてきたのだ？」

横からリーミンも焦れたように問《と》い質《ただ》す。

それでようやくシャガルは肝心なことを明かした。

「女神が遺されたのは、水晶柱じゃ」

ぽつりと放たれた言葉に、レアンは息をのんだ。

「レアンの母である女神が使っておられたものか？」

「はい。そのとおりです。リーミン様」

「水晶柱は通常、使用者の神が命を落とせば自然と消滅するはず。女神はレアンにその水晶柱を遺すため、最後の〝力〟でそれを封印されたのだな」

リーミンはやんわりと微笑んでそんなことを口にする。

けれどもレアンは、それどころではなかった。

「お婆様、その水晶柱はどこにある？」

思わずたたみかけるように訊いたのは、歓喜のあまりだった。

自分に遺された水晶柱がある。

その水晶柱の〝力〟があれば、リーミンを守ることができる。今までのように悔しい思いをせずとも、自分自身の〝力〟で愛する人を守ることができるのだ。

だが、身を乗り出したレアンに、シャガルは何故か申し訳なさそうに首を振った。

「お婆様……水晶柱はどこにあるのだ？　それが俺に遺されたものなら、頼むから渡してくれ。俺にはその水晶柱が必要だ」

「すまぬ、レアン。ここにはない」

「ここにはない？」

レアンは呆然《ぼうぜん》とくり返した。

「水晶柱を持っていれば、今度はおまえが狙われるかもしれない。我はそれが恐ろしかった。ゆえに、我はその水晶柱をさるお方に預けたのだ。今までおまえに黙っていたのも、同じ理由からだ」

「だから、お婆様。それを誰に預けたのだ？」

シャガルは縋るようにレアンを見つめてきた。

そして、水晶柱の行方を言い当てたのは、そばで話を聞いていたリーミンだった。

「まさか……母上に預けたのか？」

リーミンの声には押し殺した怒りがあった。

シャガルはどっと涙を溢れさせる。

しかし、自分の水晶柱を手にできると歓喜に浸っていたレアンは、リーミンとシャガル、どちらの面《おもて》にも沈んだ表情が浮かんでいるのに、気づかなかった。

「水晶柱を預かってくださっているのは、湖の女神様……そうか……そうなのか……」

嬉しさで声を震わせたレアンに、リーミンがそっけなく告げる。

「レアン、おまえには酷な話かもしれないが、水晶柱は諦めろ」

「諦めろとはどういう意味です？」

慌てて訊き返すと、リーミンはため息をつきながら、黄金の髪を自分の指で掻き上げる。

「リーミン様のおっしゃるとおりだ。すまぬが諦めてくれ、レアン」

「どういうことだ、お婆様？」

レアンはようやくふたりの様子に気がついて、眉根を寄せた。

「湖の女神イラーハ様は、どんなにお願いしたところで、おまえに水晶柱は渡してくださらぬだろう」

「ああ、そのとおりだ。あの母上にはいくら言っても無駄だ」

ふたりは声を揃えて言う。

「待ってください。何故ですか？　お預けしているものをお返しくださいと、お願いするだけでしょう。なのに、どうして諦めなければならない？」

苛立《いらだ》ちのままに声を荒げたレアンに、リーミンがそっと手を伸ばしてくる。宥めるように腕を押さえられた。

「レアン、おまえは母上の性格を知らない。あの人は婀やかな見かけによらず、底意地の悪い方だ。優しい顔を見せて人を思うがままに操り、しばらくしたら、逆のことを言って困らせる。それでその者が苦しむのを見て楽しんでいるような方だ」

リーミンは冷めた口調で、自分の母の評価を下す。

そこにはもう苦しみも悲しみもないようだったが、レアンはふと、幼い日に出会った時、リーミンが悲しげに泣いていたことを思い出した。

けれども、それで納得できたわけでもない。

「レアン、リーミン様のおっしゃるとおりだ。イラーハ様にお預けしたのは、間違いじゃったと、今では激しく後悔している。でも、当時はまさか、女神があれほど意地の悪いお方だとは思っていなかったのだ。下働きに格下げされた時に、気づいておればよかったのだがな……それに、おまえに水晶柱のことを明かすべきではなかったと、後悔もしておる」

「お婆様」

「死期が近くなって血迷うた。最後まで秘密をかかえたままでおれば、おまえに苦しい思いをさせることもなかった。なのに、すまぬ。我は重い負担に耐えられなかった。気弱になってしもうたのじゃ」

シャガルは自嘲《じちょう》気味に言い募るが、それでも、レアンはまだ納得できなかった。

「お婆様。俺は話してくれて嬉しかった。お婆様が俺をずっと守ってくれたことにも、口では言い尽くせぬほど感謝している。しかし、俺は諦めない。湖の女神にお会いして、水晶柱をお返しくださるよう、お願いするつもりだ」

レアンはシャガルの灰色の目を見つめて、きっぱりと宣言した。

「レアン！　おまえ……私の話を聞いていなかったのか？　母上に会うのは無理だ」

リーミンがすかさず反対の声を上げる。

レアンはそのリーミンにも真摯《しんし》な眼差しを向けた。

「申し訳ないですが、リーミン様。俺の決意は変わりません」

茶色の縞模様《しまもよう》の猫の姿で、カーデマは心ゆくまであたりを探索した。

最初に猫に変化させられた時は、理不尽な仕打ちを恨んだものだが、今ではすっかり気に入っている。少年の姿でいるより猫でいたほうが、おおいに自由を満喫して、遊びまわることができるからだ。

けれども、あまり羽を伸ばしすぎると、リーミンに怒られる。

だからカーデマは渋々、主たちがいる小屋へと戻ったのだ。

ちょうどその小屋からふたりが揃って出てきたところだ。

が、カーデマはすぐに様子がおかしいことに気づいて、ピンと髭《ひげ》を張りつめさせた。

「ただ今、戻りました。……お話はもう済まされたのですか？」

警戒心を強めながらも、明るい口調で訊ねる。

とたんに返ってきたのはリーミンの叱責《しっせき》だった。

「許しもなく、どこまで行っていた？　おまえは私の神子。主を放っておいて遊び惚《ほう》けているとは、どういう了見だ？」

見上げた薄い金の瞳が、宵の色に変化している。

カーデマは、猫の姿のままで、ひゅっと首を引っ込めた。

リーミンの機嫌が悪い時は、なるべく刺激しないに限る。

だが、いつもカーデマを助けてくれるはずのレアンまでが、憮然《ぶぜん》としたような顔をしているのはおかしかった。

「お、お許しください、リーミン様」

カーデマはじりじり後退しながら謝った。

幸い、主の怒りは、カーデマにというより、番《つがい》であるレアンに向かっているようだ。

このところ、仲むつまじくしていることが多かったので、ふたりがこんな様子を見せるのは珍しい。

「今はいい。おまえなどにかまっている暇はない。レアン、早くしろ。おまえが棲んでいた森へ行くのだろう?」

刺々《とげとげ》しい声に、レアンは傷ついたような顔を見せた。

しかし、リーミンは白い手を額に翳《かざ》している。おそらく結界を使って移動するのだろう。

カーデマは置いていかれないように、リーミンではなくレアンの逞しい肩を目がけて大地を蹴った。

†

湖の女神の館がある場所から、レアンが棲み処としていた森まで、結界を使えばほんの一瞬で移動できる。

だが、到着したそこには、何も残っていなかった。

レアンが丹精し、瑞々しく葉を繁らせていた森の代わりに、不毛の大地が広がっている。おそらく、天上から大きな火球で焼き尽くされたのだろう。そこにあったのは、樹木が焼け焦げた残骸《ざんがい》だった。

故郷の森を焼かれ、レアンは呆然としたように歩きまわっている。

リーミンが宮殿からまんまと逃げおおせた腹いせに、天帝配下の神々が〝力〟を行使したのに違いなかった。

樹木や草花、虫や鳥、獣たちに罪はないのに、むごいことをする。

宮殿にいた頃ならば、リーミンとて、この仕打ちを当然と思っただろう。下界の者がどうなろうと関心はなかったし、元より同情心も持ち合わせてはいなかった。

なのに、こうまで腹立たしく思うのは、ここがレアンの慈しんできた場所だったからだ。家が建っていた場所まで移動しても、様子は変わらなかった。

悄然《しょうぜん》とあたりを眺めているレアンに、リーミンはさきほどまで感じていた怒りを忘れ、そっと逞しい背中に寄り添った。

そして両腕をまわして、慰《なぐさ》めの言葉を口にする。

「レアン……おまえの悔しい気持ちはわかっている。私も同じだ」

「リーミン様」

レアンはびくりと反応したが、リーミンは背中から抱きついたままでしばらくじっとしていた。

レアンはこの森の、誇り高い支配者だった。深い傷を負って死にかけていた時ですら、呻き声も漏らさず毅然《きぜん》としていた。

森を焼き尽くされて、それこそ子を亡くしたような悲しみに襲われているだろうけれど、弱音を吐く顔を自分には見せたくないはず。

そしてリーミンは、そんなふうにレアンを気遣う自分のこともおかしく思った。

「レアン……いつか、ここに戻ってこられる時がきたら、また家を建てればいい。庭に花がいっぱい咲いていた家、私は気に入っていた。だから、またいつか、この森も同じように復活させればいい」

「……、全部なくなってしまったのに、今さら……」

レアンの口からは、珍しく自暴自棄な台詞《せりふ》が飛び出す。

慰めは役に立たないのかと歯痒《がゆ》く思うが、どうしようもなかった。

しかし、レアンに抱きついていたリーミンは、何かがさわりと首筋に触れた気がして、視線を彷徨《さまよ》わせた。

そして、無残にへし折れた巨木の根元で、何かがきらりと光っているのを発見した。

「レアン、あそこに……」

そう声をかけると、ようやくレアンが振り向く。

リーミンは場所を教えるために、折れた巨木を指さした。

「光っている?」

レアンも怪訝そうに呟きながら、歩を進めていく。

近くまで寄っていって、初めてその正体が明らかとなった。

根元に転がっていたのは、かつて人間の王子が持っていた宝剣だった。地面に倒れ、上から灰を被っていたが、それを風で飛ばされたのか、剝《む》き出しになった刃に、陽の光が眩《まぶ》しく反射している。

「この剣は、無事だったのだな……たかが人間の持ち物だったのに、皮肉なことだ」

リーミンはそう言って、剣を拾い上げた。

柄に宝玉が嵌《は》め込まれており、リーミンはそこに身を宿してレアンから逃げようとしたことがある。しかしレアンはこの宝剣を咥えたままで、緑濃き森を疾駆して、とうとうリーミンを自分の番《つがい》とした。

宝剣は一度人間の王子が取り返しに来たが、神の〝力〟を恐れたのか、また森に戻された。そのあとレアンが、この木の根元に剣を突き刺しておいたのだ。

汚れきっているわりには、剣が本来持っている力は失われていない。一時的とはいえ、リーミンが身を宿していたせいかもしれない。

けれども、レアンが宝剣をここに突き刺した時と今では、悲しいほどに背景が違う。

この森で息づいていたものは、どこかへ四散してしまい、レアンがここで大切に守っていたものは、すべて失われてしまったのだ。

「どうする、レアン？　この剣、持って帰るか？」

「いえ、この剣はそのまま、ここに置いていきます」

「そうか……」

リーミンはなんとなく落胆したが、レアンがいらぬと言うなら、剣はここへ置いていくしかない。

ほうっとため息をつくと、レアンも深く息を吐き出す。

そして、毅然とした態度でリーミンと向かい合った。

「リーミン様、俺はやはりイラーハ様にお会いしてきます」

「まだ、そんなことを言っているのか」

リーミンはいっぺんに不機嫌になって、レアンをにらみつけた。

「この森も、俺に〝力〟さえあれば、こんなありさまにはならなかった。本来俺のものであるはずの水晶柱を返してほしいとお願いに行くだけです。これ以上、お止めになっても無駄ですから」

レアンは激しい口調で言うと、そのままくるりと背を向ける。

「待て、レアン！　どうしてもやめぬと言うなら、私も一緒に行く」

叫んだリーミンに、レアンは再度振り返った。

「それは駄目です。湖の女神の館には、天帝が顔を出されるかもしれない。自ら罠《わな》に飛び込んでいくような真似はおやめください」

しごく真面目に言うレアンに、リーミンは皮肉な笑みを向けた。

自分の主張だけを正しいと思うのは間違いだ。

「私が止めても、おまえは行くのだろう？　私だって同じだ。いくら反対してもおまえと一緒に行くぞ」

「リーミン様！　あなたは、どうして！」

怒りに駆られたように声を荒げたレアンに、リーミンは決定的なひと言を投げつけた。

「おまえの〝力〟で私を止められるのか？」

傲然《ごうぜん》と顎を反らすと、レアンは悔しげに奥歯を噛みしめる。

リーミンは天界でも高位にあった実力者だ。半神のレアンでは到底その〝力〟は追いつかない。

黒焦げになった大地を駆けまわっていたカーデマが、レアンを慰めるように足元にまとわりついている。それを横目で見ていたリーミンは、ふと地面に小さな緑の芽が出ているのを見つけた。

「おい、レアン」

草の芽が！

そう言おうとしたリーミンは、途中で言葉をのみ込んだ。

レアンはカーデマを拾い上げて、ひょいと肩に乗せてやっている。日頃、何かと優しくしてもらっているカーデマは、嬉しげな鳴き声を上げ、それから盛んに銀色の髪を口に咥えて引っ張り始めた。

レアンはうるさそうに首を振ってカーデマの攻撃を避けていたが、そのうちたまらなくなったように声を上げる。

「おい、カーデマ。髪を引っ張るのはやめてくれ」

張りつめていたその場の空気は、いつの間にかやわらいでいた。

忍耐の足りない自分では、こうはいかない。

リーミンはなんとなく猫のカーデマが羨ましかった。しかし、それを口に出せるはずもなく、胸の内でため息をつくしかなかった。

†

数年ぶりに訪れた湖の館は、どこか寒々しい空気に満ちていた。

神子をはじめとする使用人たちの表情が陰気で、館の中はどこも静まり返っている。

リーミンがレアンと、人形《ひとがた》に戻したカーデマを伴って案内を請うと、イラーハはすぐに会うという返事があった。

「久しぶりに訪れてくださったリーミン様に、早くお会いしたいと仰《おお》せです」

神子から告げられた空々しい言葉に、リーミンは声を立てて笑いそうになった。

案内に立った、くすんだ茶色の長衣をまとった神子はまだ若かったが、ずいぶんと疲れて見える。

以前は、皆が色とりどりの衣装を着ていたが、今は目立たない薄茶一色だ。華麗な装飾の多い館を背景に、影が広まっているようにも感じられる。

「いいか、レアン。母上とは私が話をする。おまえは、ひと言もしゃべるな。黙っていろ」

「……」

レアンは沈黙を守っているが、言うことを聞くかどうかは怪しかった。

リーミンが〝力〟を使ったお陰で、今のレアンは華麗な衣装に身を包んでいる。

レアンの瞳の色に合わせた、薄い青を基調とした長衣は長身にすっきりと似合っていた。帯は凝ったものを合わせたが、装身具は控えめ。耳と首、そして腕に上品なものをつけさせている。

今のレアンは堂々として、天界の神々にも劣らぬ姿だ。

リーミンにはレアンがどうして、そこまで水晶柱にこだわるのか、理解できない。

強い〝力〟は誰だって欲しいだろうが、自らの命と引き替えにできるものではないはずだ。

「よく来たな、リーミン」

イラーハの居室に入ると、正面の長椅子にしどけなく腰かけていた母が、そう声をかけてくる。

リーミンがこの館で起居《ききょ》していたのは、十年ほど前までだ。その十年の間に、輝くようだった母の容貌はくすんだものとなっていた。

真紅の長衣は、肌艶の悪さを目立たせている。顔には念入りに化粧を施し、金色の髪をきれいに結い上げ、そこに色とりどりの宝玉を塡め込んだ飾りをつけていた。

真紅の長衣は胸が大きく刳《く》れており、挑発的に豊満な胸の谷間を覗かせているが、それもどことなく作り物めいて見えた。

もしや母上は〝力〟が衰えているのか？

外見など、〝力〟を使えばいくらでも変えられる。なのに、母の顔には疲れが見え、無理に取り繕ってきたものが、徐々に狂い始めているという印象だ。

館の者に、くすんだ色合いの長衣を着せているのも、自分の容色の衰えを気にしてのことかもしれない。

自己顕示欲の強い母は、自分より目立つ者がいることに耐えられないのだろう。

「母上、ご機嫌はいかがでございますか？」

母の前まで足を進めたリーミンは、磨き上げた大理石の床に跪《ひざまず》いて挨拶《あいさつ》した。レアンもそれに従って両膝をつく。

母からかけられた言葉は極めて冷たいものだった。

「リーミン、そなたは本当に恥さらしな息子だ。よく恥ずかしげもなく、妾《わらわ》の前に顔を出せたもの……」

リーミンよりも早く、隣のレアンがびくっと身体を揺らす。が、リーミンはすっと手を伸ばして、レアンの怒りを宥めた。

これぐらい、子供の頃から慣れている。今さらだと言ってやりたかった。

「恐れ入ります、母上。ご心配をおかけして申し訳なく思いますが、本日はお願いがあって、お訪ねしました」

「改まって、なんだ？」

うるさげに問われ、リーミンはすっと美しい面を上げた。

「ここに伴ってまいりましたのは、私が伴侶とした者。以前、母上が使っておられた神子のシャガルは、このレアンの育ての親でございます」

「シャガル？　知らぬな、そのような者」

「シャガルは母上に、レアンの母親が残した水晶柱を預けたそうですね。本日はそれを返していただくためにまいりました」

じっと母の表情を窺いながら訊ねると、くすりと笑ったように紅を塗った赤い口元が歪《ゆが》む。

「そのような話、妾にはまったく覚えがない」

やんわり言ってのけた母に、リーミンも艶然《えんぜん》と微笑んでみせた。

「しばらくご無沙汰いたしているうちに、母上がこうも老いられようとは……身を切られるような心地でございます」

「なん、だと……？」

年老いたから物忘れが激しくなったのだろう。

言外にそう皮肉ったお陰で、イラーハは憎々しげに眉根を寄せた。

「いかがです？　思い出していただけましたでしょうか？」

「リーミン。母に向かって、なんという口のきき方か。そなたは実の父親を誑《たら》し込んで乳繰《ちちく》り合うような真似をしたあげく、獣の番《つがい》になったそうではないか。天界を追われた身で、どの面《つら》下げて妾に会いに来たかと思えば、聞き捨てならぬその暴言。許してはおけぬ」

怒気を漲《みなぎ》らせて言う母を、リーミンは冷めた目で眺めていた。

しかし、それまで隣で大人しく控えていたレアンは、そうはいかなかった。

「イラーハ様。初めてお目にかかります。私はレアン、リーミン様を伴侶とさせていただいた者でございます。突然お訪ねした無礼はお許しください。ですが、リーミン様はイラーハ様のただひとりのお子でございましょう。どうか、これ以上リーミン様を傷つけるようなお言葉はお慎みください」

いつも控えめなレアンが一歩も譲らぬ勢いで言う。

リーミンは約束を破って口を出したレアンに、舌打ちしたくなる思いだった。

「ほお、そなたがリーミンを番《つがい》にした獣か」

イラーハは、今初めてレアンの姿が目に入ったかのように青い目を眇《すが》める。

嫌な予感に、背筋がさわりと冷たくなった。

「獣。許す。そこで醜い姿をさらしてみせろ」

嘲《あざけ》るようにレアンを挑発する母に、リーミンはかっと怒りを覚えた。

「どうした？　そなたは狼だという噂を聞いたぞ。早く本来の姿をさらしてみよ。万にひとつもあるまいが、もしそなたの姿が妾の目に適《かな》うなら、願いを聞いてやらんでもないぞ？」

怒りを堪えようもなく、リーミンはぎゅっと爪が食い込む勢いで手を握りしめた。

やはり、母とまともに話し合うなど、最初から無理があったのだ。

だが、そこで隣のレアンが、ゆっくり立ち上がる。

リーミンははっとなった。

「レアン……まさか、おまえ……よせ！　やめろ！」

夢中で叫んだ時には、もうレアンの長身が揺らぎ始める。

しまう。

「駄目だ！　挑発に乗るな！」

リーミンは必死に止めようとしたが、レアンは瞬時に銀色の毛に覆われた狼の姿となって
突如目の前に出現した巨大な狼に、さすがのイラーハも目を瞠《みは》っている。

そこには最初に危惧《きぐ》した蔑みの色はなかった。むしろ、何故だかイラーハの目には物欲しそうな光がある。

リーミンは悪い予感に背筋を震わせながら、狼に変化した伴侶を見守った。

「……そうか、これがそなたの狼か……なんと、存外きれいな毛並みではないか……触り心地はどうなのだ？　気持ちよいのか？」

イラーハは何かに憑《つ》かれたように、聞き捨てにできぬ言葉を並べ立てている。

今にもイラーハに応えて一歩前へ踏み出そうとするレアンを、リーミンは素早く手で押し止めた。

「動くな、レアン」

「なんだ、リーミン。その狼、こちらへ来させよ。触り心地がよければ、この館の庭で放し飼いにしてやってもよいぞ」

笑いを含んだ声で言われ、リーミンは限界を超えた。

「そんなこと、私は許さない。レアン、もうたくさんだ。行くぞ！」

リーミンは叫んだと同時に、自分の額に手を当てた。

白い額が輝き、中からすうっと音もなく水晶柱が出てくる。

その水晶が、ひときわ強い宵と暁の光を同時に発した時、イラーハの居室に衝撃が走った。

「きゃあ――っ！」

「ああぁ――っ！」

あちこちで悲鳴が上がる中、天井がガラガラと崩れ落ち、壁も壊れて横に吹き飛ぶ。

リーミンと狼になったレアン、そしてカーデマが立っていた床にも大穴が開き、壊れた大理石の床材は、女神が座っていた長椅子にまで飛んでいった。

「イラーハ様！」

神子がとっさに身を伏せて、瓦礫《がれき》から女神を守っている。

「おのれ……おのれ、リーミン……っ！」

イラーハは悔しげに呻いたが、その時にはもう三人の姿は消え去っていた。

†

湖の畔《ほとり》で、レアンは強くリーミンを窘《たしな》めた。

「なんという真似をなさるのです？　イラーハ様は母上でしょう？　なのに、いきなりあんな攻撃を仕掛けられるとは」

リーミンはぶすりとした顔で、レアンを見下ろした。狼の姿になったレアンは巨大だが、それでも四つ肢で立っていると、目線を下に向けることになる。

「我慢がならなかった」

「それにしても、あんな無茶な真似……」

「あの人はおまえを放し飼いにして、気に入った時だけおまえを撫でまわす気だったのだぞ？　そんなことを許しておけるか！」

リーミンは子供のように大地を強く蹴りつけた。

怒りが渦巻いて、まだ収まらない。今からもう一度、館に取って返し、すべてをめちゃくちゃにしてやりたい衝動を抑えるのが大変だった。

なのに、嘲られた当事者のレアンは、少しも怒っていないように見える。

苛立ちが最高潮に達し、リーミンは毛艶のいい首筋をつかんだ。

そして、両手で狼の首を引き寄せて、三角の耳に直接訴える。

「なんとか言ったら、どうだ？」

「リーミン様、申し訳ないですが、俺はもう一度女神にお会いしてきます」

冷静に言ったレアンが信じられず、リーミンは思わずぎゅっと長い銀色の毛を握りしめた。

「今、なんと言った？」

顔を上げた銀狼は、極めて冷静な声を出す。

「リーミン様はどうか、カーデマを連れて、東方の森へお帰りください。リーミン様が刺激なされば、女神はいつまで経っても怒りを解いてくださらないでしょう」

レアンはそう言い終えると、ゆらりと人形《ひとがた》に変化した。首筋の毛をつかんでいた手は、自然と外れてしまう。

人形《ひとがた》になったレアンの格好はさきほどと同じ。女神の館に伺候《しこう》してもおかしくないものだった。

それは、何を言っても諦めないという意思表示なのだろう。

「おまえはあれだけ馬鹿にされたというのに、また母上に会いに行く気か？」

「はい。俺にはどうしても水晶柱が必要です」

リーミンは眉をひそめた。

あれだけのことがあって、尚淡々としているレアンが信じられなかった。

「どうしてだ？　何故そこまで水晶柱にこだわる？　何故、そこまで〝力〟を欲する？」

「俺は……俺自身の手でリーミン様を守りたいだけです」

「おまえの気持ちは嬉しく思う。しかし、水晶柱などなくてもいいだろう？　今の私には〝力〟がある。たとえ父上が相手であろうと、むざむざ負けたりはせぬ」

「でも、俺は自分の手でリーミン様をお守りしたい」

どこまでいっても噛み合わない話に、リーミンはまた怒りが再燃するのを感じた。

どちらの〝力〟が上だとか、どちらがどちらを守るとか、そんなことはどうでもいい。今の自分には〝力〟がある。だから、何かあった時は、自分がレアンを守ってやればいい。

そんな単純な理屈が、どうしてわからないのだろう？

とにかく、レアンの頑固さには、ほとほと愛想が尽きた。

天上界の宮殿で、勝手気儘《きまま》に過ごしてきた自分には、自制心が欠けている。

そうわかっていても、我慢が切れてしまった。

「それなら勝手にしろ、レアン！　おまえのことなどもう知らない！　私は帰る！」

リーミンはそう叫びざま、額に手をやった。

「リーミン様……」

レアンは何故か悲しげに呼びかけてきたが、怒りで埋め尽くされたリーミンにはその声も届かなかった。

「カーデマ、帰るぞ」

「お待ちください、リーミン様！」

「愚図愚図しているなら、置いていく。どこへなりと行ってしまえばいい」

〝力〟を行使したリーミンの身体から、目映い光が発せられる。

「うわ――っ、お待ちください！　ぼく、行きます！　一生猫のままでいるのはいやです、リーミン様ぁ……」

茶虎の猫は、懸命にぼやけた光輪の中へ飛び込んでいった。

そうして一瞬後には、ふたりの姿がレアンの前から消え失せていたのだ。

†　暁の美神と東方の森

カーデマは朝から神経を尖らせていた。

アーラムの湖から東方の森へと戻って以来、主の機嫌がすこぶる悪い。

獣神のレアンがいてくれれば、何かと庇《かば》ってもらえるのだけれど、今のカーデマはひとりでリーミン神の脅威と闘わなければならなかった。

目の前にいるリーミンは、柳眉《りゅうび》を逆立てている。

恐ろしいほどの美貌に怒りが垣間見えると、それだけでカーデマの身がすくんだ。

「これは、不味《まず》い」

「すぐに淹《い》れ直します」

差し出したお茶の味が気に入らないと言われ、カーデマは茶器を受け取って、調理場へ逃げ戻った。

レアンには、湖の地からの去り際、「リーミン様をよろしく頼む」と耳打ちされていた。

もちろんリーミンはカーデマの主だ。わざわざ念を押されなくてもそうするつもりだが、とにかく、一日でも早くレアンに戻ってきてもらわないと、身が保ちそうもなかった。

何してらっしゃるんですか、レアン様ぁ……。

カーデマは調理場でお茶を淹れ直しながら、心の中だけで情けない声を上げた。

†

毎日が退屈で、リーミンはすこぶる機嫌が悪かった。

レアンの頑固さに愛想を尽かし、自分ひとりで東方の森に戻ってきた。

あれは絶対にレアンが悪い。

リーミンはそう思っているので、衝動的に行動したことを反省するつもりはなかった。

気がかりがあるとすれば、あの地が七層の宮殿からさほど離れていないことだった。

しかし、天帝が湖の館を訪れることは、久しく絶えている。母の誇り高さからいっても、レアンを捕まえて天帝に突き出すことはないだろう。

レアンと一緒だった時は、さほど感じなかったのに、この森の暮らしがひどく退屈で、つまらない。

雲の上まで行って森を見下ろしても、館でカーデマを怒鳴りつけても、苛立ちが解消されることはなかった。

リーミンはカーデマのうるささにもうんざりで、館から外へと出かけた。

レアンの森は、主が留守でもすくすく育っている感じだ。

天まで届きそうに枝を伸ばした木々が、繁った葉を風で揺らしている。丸い光が乱舞する木漏れ陽《こもび》の中を歩き、小さな黄色の花を咲かせている下草を眺めて気を晴らす。

しばらくして、リーミンはつと足を止めた。

レアンの作った結界に、小さな綻《ほころ》びができているのを見つけたのだ。

リーミンは水晶柱が埋まった額に手を翳し、一気にその場所まで跳躍した。

すぐに綻びを埋めようとしたが、そこでほんの少し躊躇《ためら》う。

レアンはなんでも己の力だけでやりたがる。自分が手を出しては、気を悪くするのではないだろうか。

でもリーミンはふるりと細い首を振って、考え直した。

レアンの留守中に、万にひとつでもおかしな侵入者があってはならない。下界の森をめちゃくちゃにされ、あれだけ落ち込んでいたのだ。

この東方の森だけでもちゃんと守ってやらないと、レアンは立ち直れなくなってしまうかもしれない。

もちろん自分がこうして番をしている限り、何事も起きようはずはなかったが……。

リーミンはようやく笑みを取り戻し、手早く結界の綻びを直した。

それで少しは気分も晴れ、清々しい空気を吸いながら森の中を散策する。

特に目的があったわけではなく、あちこち歩きまわっているうち、リーミンは見覚えのある空き地に出た。

背の高い木がぐるりとまわりを取り囲んでいるが、そこだけが抜けたように陽射しが燦々と降り注ぐ草地となっていた。

このところ、あちこちで見かける黄色い花が、ここにもいっぱい咲いている。そして、その花の蜜を求め、白い蝶《ちょう》が二匹、優雅に飛びまわっていた。

そんな草地の真ん中に、寄り添うように立っている樹が二本ある。

「あ……」

リーミンは思わず声を上げた。

枝の先に赤い果実が生っているのが見えたのだ。近づいていくと、林檎が熟しているのが目に入る。

「林檎か……」

そう呟きながら、リーミンは無意識に赤い実へと手を伸ばした。

ちょっと力を加えると、小気味のいい音を立てて赤い実がもげる。

リーミンは手にした林檎にサクッと歯を立てた。

少し酸味のある、でも、甘い林檎だ。

いつだったか、この場所でレアンと一緒に林檎を食べた。

そう、レアンはいつも自分に林檎を食べさせたがる。それは、幼い日に湖の畔で出会った時からだ。

リーミンが、林檎が好きだと言ったから……。

咀嚼《そしやく》していた欠片《かけら》をのみ込んだ時、リーミンは何故かほろ苦さを感じた。林檎の実は甘いはずなのに、少しも美味《おい》しいとは思えなくなってしまう。

「つまらない」

残った林檎を投げ捨てたリーミンは、足を速めて草地を抜けた。

見つけた林檎の樹は、もう二度と振り返らなかった。

†

レアンがいないと、この森はつまらない。

リーミンがそう気づいたのは、湖の畔でレアンと別れて十日ほど経った頃だった。

その間、レアンからはなんの連絡もない。

最初の頃、機嫌の悪さを全部カーデマにぶつけていたリーミンは、沈んだ顔を見せることが多くなっていた。

「リーミン様、お身体の調子でも悪いのですか?」

「別に……なんでもない」

答えたリーミンは、長椅子の背にしなやかな身体を預け、ほうっと深いため息をつく。

高位の神である自分に、身体の調子が悪いのかとは、よくぞ言ったものだ。

カーデマは愛らしい顔に怪訝そうな表情を浮かべていたが、そのうち、また遠慮がちに訊ねてきた。

「レアン様、いつ頃お戻りになるのでしょうか……」

「知らぬ」

「でも……リーミン様もご心配でしょう？　ぼくはイラーハ様にお会いするの、初めてでしたが、とてもレアン様の手に負えるようなお方とは……」

カーデマは用心深く、リーミンから少し距離を取って本題を口にした。

「そんなことはわかっている。だが、あの頑固者は、わかろうとしない。散々忠告してやったのに、無視するレアンが悪い。あの狼は少しぐらい、痛い目を見たほうがいいのだ」

「そんなことをおっしゃって……本当はとても心配しておられるのに」

リーミンは、きっと神子をにらんだ。

「カーデマ、おまえは、私がいけなかったとでも言う気か？」

「い、いえっ、滅相《めっそう》もございません！」

カーデマは一瞬で、後ろに飛び退《の》いた。

「それ以上、よけいなことを言うなら、おまえを石に変える」

リーミンは冷え冷えした声を放った。

「い、石？　も、申し訳ありません、リーミン様！　わあ――っ」

カーデマはそう叫んだかと思うと、すばやく後ろを向いて一目散に駆けだしていく。

静かになった部屋で、リーミンは再びため息をついた。

が、しばらくして、ひくりと眉根を寄せる。

結界の外から、何かが大挙して押しかけてくる。

リーミンは、その中によく知った者の気配を感じて、即座に額を光らせた。

「リ、リーミン様？」

カーデマも何かを感じたのか、恐怖に震えたような声を上げながら厨房《ちゆうぼう》から駆け戻ってくる。

次の瞬間、部屋の中央に気配の主が実体化した。

金色の髪を長く伸ばし、端整な顔立ちで緑の目をした長身の男は、リーミンの兄バラクだった。白金《しろがね》の鎧《よろい》をまとい、先の尖った兜《かぶと》をつけた姿は、侮《あなど》りがたい覇気に満ちている。腰の長剣も他者を圧倒する元となっていた。

「何をしに来られた？」

リーミンは警戒をゆるめずに、ゆっくりと立ち上がった。

天帝に捕らえられた時、兄であるバラクにも陵辱された。あの時の屈辱は絶対に忘れない。

だが、今すぐ〝力〟を行使して戦うわけにもいかなかった。

　バラクの実力はいやというほど知っている。負けるとは思わないが、簡単に
もない。そして、互いに〝力〟を発動させた瞬間、この館は跡形もなく消滅してしま
う。

「久しぶりだな、リーミン。そう警戒するな。今日はおまえに頼みたいことがあって、ここまで来た」

　そう言ったバラクは、リーミンの頭から爪先まで、探るように視線を走らせ、そのあとにやりとした笑みを浮かべる。

　もしかしたら、自分を犯した時のことでも思い出したのか。

　リーミンは嫌悪のあまり、全身に鳥肌を立てた。

　しかし、ほんの僅かでも、怯んだ様子など見せられない。

「私に頼み事？　申し訳ないですが、今すぐお引き取りを。私には話などありません」

　リーミンは毅然と断ったが、バラクはおかしげに片眉を上げただけだ。

「話を聞きもしないで断っていいのか？」

「あなたの言うことなど、信用なりませんから」

「そうか、ならば別の手段を構じてもいいのだが」

　バラクは思わせぶりに言って、悠然と腕組みをする。

「別の手段？」

「ああ、今、この森の上空には選《え》りすぐりの実力者が百人揃っている」

「兄上は私を侮っておいでか？　私が百人を相手に負けるとでも？」

「おまえの力は充分にわかっている。おまえと戦わせようなどとは思っていない。あいつらには別の命令を与えてあるのだ」

バラクはさらに笑みを深めた。

さっきからしきりに悪い予感がするのは、兄に臆《おく》しているせいか……。

そう思ったリーミンは、群青色に変わりつつある目で、天敵ともいえる兄を見据えた。

「いったい何を企《たくら》んでおられるのだ？」

「天上界一の美神と謳われたおまえが、このようにみすぼらしい場所に棲みついているとは、情けない話だな」

「どこに棲もうと、私の勝手だ」

「父上は怒っておられたぞ。おまえがあの狼に骨抜きにされているとな……」

「……」

わざわざ父の話を持ち出すのは、自分を挑発するためか。

リーミンはますます警戒を強めたが、兄のバラクは予期せぬところへ攻撃を仕掛けてきた。

「この館のある森は……狼がせっせと育てたそうだな」

「何が言いたい？」

「森は火に弱い。空からいっせいに火球を落として、風を吹きつけてやれば、よく燃えることだろう」

「！」

リーミンは兄の脅しに、ぐっと奥歯を噛みしめた。

痛いところを突かれた。

森の上空に百人の神々がいる。いっせいに森を攻撃されれば、ひとりでは防ぎきれない。百人を一度で吹き飛ばしてやることは可能だが、そんな大きな〝力〟を使えば、リーミン自身が森を壊すことになりかねない。

「これで、私の話を聞く気になったか？」

「卑怯《ひきょう》な……」

リーミンはしてやられた悔しさで、呻くような声を出した。

兄は涼しい顔で用件を突きつけてくる。

「私を龍神の宮殿まで案内しろ」

「えっ？」

さしものリーミンも、この要求には一瞬ぽかんとなった。

龍神ランセの宮殿は、東方の神々の拠点だ。そこへ最大の敵であるバラクが、自ら乗り込んでいくなど、考えられない。

「リーミン、私は父上と決別することにした。ゆえに、今後は東方軍に味方しようと考えている。おまえにはその仲介を頼みたい」

「……父上と決別する？　兄上が？　本気ですか？」

リーミンは信じられずにたたみかけた。

「ああ、本気だ。おまえも知るとおり、最近の父上は常軌を逸しておられる。このまま父上の支配が続けば、いずれは東方の神の軍門に降ることになるだろうからな」

「だから、今のうちに東方軍と手を組もうというのですか？」

リーミンは嘲るように訊ね返した。

天帝の味方をするつもりは、さらさらないが、兄の卑怯なやり方には虫ずが走る。

「東方の神と手を組んで、父上を玉座から追い払う。代わりに私が玉座に即けば、アーラムの諸神もおおいに感謝するはずだ」

裏切りを堂々と口にする兄には呆れるばかりだ。

問題は、その兄の要求を断れないことにあった。森を人質に取られた形となったリーミンには、他に選択肢などなかったのだ。

バラクは絶対に信用できない。しかし、ここは要求をのむしかないだろう。

「その願い、承知しました。私は龍神の宮殿には行ったことがない。でも、どこにあるかぐらいは知っている」

「では、森の上空で待っている」

「わかりました」

リーミンが応じると、バラクの姿がすぐに揺らいで見えなくなる。一瞬にして森の結界の外へ飛んだのだ。

リーミンはそれに続こうと、額に手をやった。そして〝力〟を発動する寸前、カーデマが背中に飛びついてくる。

「リーミン様！　ぼくもお連れください！」

「おまえなど連れていっても、なんの役にも立たぬ」

「いいえ、そんなことはありません。ぼくは絶対にお役に立ちます。リーミン様おひとりでは、何もおできにならないでしょう？」

ずけずけと指摘されたが、リーミンは怒らなかった。

「バラク様はもちろんのこと、あの龍神だって信用できない気がするんです。レアン様がお留守の時、リーミン様に何かあれば、申し訳ないですからね」

胸を張って言うカーデマに、リーミンは小さく息をついた。

「おまえは誰の神子だ……」

そうぼやきつつも、発動した〝力〟をカーデマにも及ばせる。

部屋の中に、眩しい光が生まれたと同時、リーミンとカーデマの姿は消え失せていた。

†

その頃、遠く湖の館では、レアンがかなり困った状態に陥っていた。

「レアン、もっと近くに寄れ」

「はい」

銀狼の姿となったレアンは、力強い足取りで湖の女神イラーハの元へと近づいた。

「そこに座れ」

「はい」

イラーハは金色に輝く長衣、それも胸を大きくはだけたものをまとい、長椅子の上にしどけなく腰かけている。レアンはそのそばで大人しく座り込んだ。

太い前肢を揃えて床に腹をつけ、ふさふさの尾をしなやかな身体に沿わせている。

銀色の被毛に覆われた姿は優美で、イラーハは見惚れたようにほうっと息をつく。

そのイラーハの手で背を撫でまわされても、レアンはひたすら大人しくしていた。

最初は散々蔑まれたが、イラーハは何故かレアンが狼の姿でいることを好み、いつもそばに置きたがる。

一日も早く、水晶柱を手に入れて、リーミンの元に戻らなければならない。

けれど、その話題に触れると、とたんにイラーハは不機嫌になる。完全に怒らせてしまっては、水晶柱を手に入れる機会を逸してしまう。

ゆえに、レアンは内心の焦りを隠し、イラーハに言われるままになっていたのだ。

「レアン、妾はそなたのことが気に入った。どうだ、いっそのこと、このままこの館に棲まぬか？　そなたがここにいたいと言うなら、悪いようにはせぬぞ？」

「申し訳ありません、イラーハ様。私はもともと森に属する者。あまり長く、森を離れてはいられません。私が守ってやらねば、せっかく育った森が枯れてしまう。ですから、いずれは戻ってやらねばなりません」

イラーハは言うことを聞かないレアンに焦れたように、背中の毛をひと房つかんだ。

しかし、そのあと、またうっとりしたように、レアンの背を撫で始める。

「本当によい手触りじゃ……。リーミンも、さぞかし、この手触りが気に入っているのであろうな。しかし、あれは天帝に逆らって、今はこそこそ隠れているしかない身となった。そなたも、あれのそばにおっては、何かと気苦労が絶えぬだろう。森がないと困るというなら、この地に新しい森を作ればよい。地の果てのような場所より、よほどよい森ができようぞ。なぁ、そうせぬか？」

イラーハは、レアンの背に顔を伏せ、うっとりと頬ずりし始める。

「レアン、いいだろう。な、妾のものになれ」

「……申し訳ありません、イラーハ様」

ひたすら固辞し続けていると、女神は徐々に苛立ちを見せ始める。

「そなたは、そんなにあのリーミンがいいのか？」

「はい。リーミン様は我が伴侶。私にとって唯一のお方です」

そこだけは退けないと、レアンははっきり口にする。

するとイラーハは、眉をひそめ、ぎゅっと背中の毛を握りしめた。

かなり強い力で引っ張られるが、レアンはじっと動かずに我慢する。

「リーミンめ、あれは昔から、なんでも妾から盗んでいく。あれは実の父親まで誘惑したのだぞ？　あのような者、本当に産まねばよかった。リーミンさえいなければ……あれさえ、おらねば……」

繰り言はいつまでも続いた。

レアンには女神があまり幸せではないのだなとわかっただけだが、許しておけないこともある。

「イラーハ様。お優しい女神様が、そのようなことをおっしゃってはなりません」

レアンはやんわりと窘めた。

イラーハは、びくりとしたように固まる。

のですから」

「はい。リーミン様はお優しいお方です。イラーハ様は、そのお優しいリーミン様の母上な

腹立たしいこともあるが、レアンは心《しん》からこの女神を嫌いだとは思わなかった。

何故なら、この人がいなければ、リーミンという存在はこの世にいなかった。

リーミンを産み出してくれた人だと思えば、嫌えるはずなどなかったのだ。

「そ、そうか……？」

†

龍神ランセの宮殿は、雲の上まで聳《そび》える険《けわ》しい高山の頂上にあった。

天帝の宮殿を中心とした場所では、天上界と下界の区別がはっきりしている。しかし、そこから遠く離れた辺境の地には、はっきりした境目は存在しなかった。

だが、この宮殿が建つ場所は、天上界と同じぐらいの高さにある。

「リ、リーミン様……ここ、すごいですね」

カーデマが物珍しそうにきょろきょろするのも無理はない。規模こそ天帝の宮殿と同じであろうかと思われたが、その外観は大きく異なっていたからだ。

遠目では、小さな崖《がけ》のひとつひとつに、可愛らしい建物が載っているように見える。でも

近づいてみると、可愛らしいなどというしろものではなく、それぞれが圧倒されるほどの規模だ。しかも、それが無数に見えているのだから、さしものリーミンも驚いた。

バラクは山からやや離れた位置で待っている。リーミンが訪れることは事前に知らせてある。ランセに直接会い、許可を得てからバラクを案内する手はずになっていた。

宮殿の壁は白く屋根は青で端が反《そ》っている。

案内に出てきた者に従って内部に入ると、今度は柱の朱色や金の装飾が目立ち、何もかもが煌びやかだ。

「少なくとも、私の趣味ではないな」

「ほ、ほんとですね。目がチカチカしてきます」

小声でそんな感想を言い合いながら、主従は初めての宮殿に足を踏み入れた。

天井が高く、朱色の太い列柱が並ぶ廊下を、大勢の者たちが行き交っている。

天帝の宮殿では肌が白く、金や茶色の髪を持つ神が圧倒的に多いが、ここでは黒髪で浅黒い肌をした者ばかり見かける。アーラムの神々とまったく違うのは、本性が龍や蛇《へび》、虎や豹《ひょう》といった者が多いことだった。

廊下の突き当たりに朱色の頑丈な扉があって、その先が大広間になっているようだ。

「ランセ様はこちらでお待ちになっておられます」

案内人の言葉に頷き、リーミンは開かれた扉から中に入ろうとしたが、そこで衛兵らしき者に、行く手を阻《はば》まれた。

「恐れ入りますが、ここで水晶柱をお外しになり、我らにお預けください」

「何？」

リーミンは聞き間違いかと、短く問うた。

「も、申し訳ございません。こちらの広間では、そうする決まりになっておりまして……」

くり返す衛兵に、最初に切れたのはカーデマだった。

「無礼者！　このお方をどなたと心得る？　東方の者どもは、暁の美神を知らぬのか？　それに、神々にとって水晶柱がどういうものかも知らないらしい。下賤《げせん》な者どもが触れていいものではないぞ！」

カーデマは猫の時のように、茶色の巻き毛を逆立てる勢いで怒っている。

確かに、水晶柱を取り出して預けろなどとは、ひどく礼を失する話だ。

だが、ここで不必要に騒ぎ立てても、いいことはなさそうだ。

「カーデマ、おまえは黙っていろ」

「リーミン様」

「礼儀を守れぬなら、その姿でいる必要はないな」

「あっ」

リーミンは水晶柱を取り出すまでもなく、額を少し光らせただけで、カーデマを猫に変化させた。

その直後、広間の奥から響いてきた声がある。

「リーミン様、お待ち申し上げておりました」

「ランセ……」

龍神ランセだった。

前に会った時と同じで煌びやかな衣装をまとった男が、気軽に玉座を立ってきたのだ。

リーミンのほうから宮殿を訪ねたことが本気で嬉しかったらしく、満面の笑みを浮かべている。

近くまで来たランセは、リーミンの両手をわざわざ自分の手で包み込み、大げさに上下させて歓迎の意をあらわにした。

猫になったカーデマは、ランセの足元でフ――ッと威嚇《いかく》しながら、茶色の縞模様の毛を逆立てている。

ランセはちらりと足元に目をやっただけで、リーミンに向き直った。

「本当に申し訳ないことです。宮殿全体に適応しているわけではないのですが、主要な場所では武器の携行を禁じております。何があるか、わかりませんからね」

「ランセ……しかし……」

「単なる形式ですよ、リーミン様」

ランセはなんでもないことですよと言いたげに、両手を広げてみせるが、結局は譲歩する気もないようだ。

「そなたは……水晶柱を持たぬのか？」

今になって気づいたことを問うと、ランセは鷹揚に頷く。

「水晶など持っておりません。我の力は水晶を必要としない」

尊大に言ってのけたランセに、リーミンは不快な気分になった。

ランセがどのような種類の〝力〟を操るのかは知らないが、不遜な態度は、アーラムの神々にも決してひけを取らない。さすがは、天帝と互角の戦いをする東方軍を束ねているだけのことはあった。

とにかく、水晶柱を他人に預けるなど論外だ。そんな要求をのまされるぐらいなら、今すぐ森に帰ったほうがいい。

しかし、麓で待たせているバラクの存在が、リーミンを踏み留まらせた。

ここで約束を違《たが》えれば、兄はすぐにもレアンの森を焼き尽くすという報復に出るだろう。

「それほどまで言うなら、水晶柱を取り出そう。でも、条件がある」

「どのような条件ですか？」

「水晶柱は預けるが、この広間から外へは持ち出すな」

「なるほど、いや、それで結構です」

あっさり許可されれば、これ以上は文句も言えない。

リーミンは水晶柱を額から取り出し、衛兵が用意した飴色《あめいろ》の籐《とう》の籠《かご》の中に置いた。

卓子や籠に、おかしな封印が施されている形跡はない。

「これには迂闊《うかつ》に触れるな。触れれば、おまえの手が焼けてなくなるぞ」

「わ、わかり、ました……」

脅しがきき、青くなった衛兵を一瞥《いちべつ》して、リーミンは水晶柱を置いた卓子から離れた。

ランセは待ちかねたように、先に立ってリーミンを奥へと案内する。

「さあ、こちらへどうぞ。それに、間もなくバラク殿もお見えになる頃です」

ランセが何気なく漏らした言葉に、リーミンは眉をひそめた。

「今、なんと？　バラクがこちらへ来ると言われたか？」

思わず咎めるような口調で問い質す。

ランセは余裕の笑みを浮かべているだけだ。

「あれだけ強大な〝力〟をお持ちのお方が、宮殿近くにおられるのです。それに加えてリーミン様の突然のお越し……どんな馬鹿でも多少の推測はつこうというものです。それに、バラク殿が我が軍にとおっしゃるのであれば、反対する理由もありません」

大広間の中央に円形の卓子が置かれている。そこに配された椅子は三脚。誰を迎えるためのものか、最初から明らかだった。

こんな展開なら、何もわざわざ自分が足を運んでくる必要はなかった。

リーミンは釈然としない思いだったが、もはや後悔しても遅すぎた。

ランセは上機嫌で酒肴《しゅこう》を運ばせ、あれやこれやと話しかけてくる。

「いかがですか、我が宮殿は？　天帝の宮殿に劣るものではないと自負しておりますが、お気に召していただけましたか？」

「ずいぶんと色彩が派手だな」

リーミンはそう言うに留めた。

派手派手しいだけで上品さに欠ける。こんな落ち着きのない宮殿は趣味じゃない。

そう、ぴしゃりと言ってやりたいところだったが、辛うじて自制したのだ。

「どうぞ、この酒をお試しください」

ランセは青銅製の脚が三本ついた酒器を持ち、リーミンに勧めてくる。

受け取ってみると、さすがに重く、なんとも奇妙な形をした酒器だった。中の酒も甘ったるい匂いが鼻につく。色も白や透明ではなく、茶色の飴を溶かしたような感じだ。

「それが先日お話しした我が国自慢の稀少な酒です。誰でも口にできるようなものではありません。ですが、リーミン様にはぜひともこの酒を味わっていただきたく、運ばせました」

そうまで言われては、口をつけないわけにもいかない。

酒を飲みたい気分ではなかったが、リーミンは渋々酒器を口に運んだ。

ほんの少し口に含み、こくりと喉を鳴らす。

飲み口はそう悪いものではなく、甘さも危惧したほどではない。それに、飲み込んだあと、胃の腑《ふ》がじわりと温かくなってくる。

「いかがです、味のほうは？」

「うむ……悪くはない」

「では、たっぷりお召し上がりください」

ランセに勧められて、リーミンはもう一度、甘い酒を口に運んだ。

†

まずいことになった。まずいことになった。まずいことになった。

カーデマは何度も胸の内でくり返しながら、絢爛豪華《けんらんごうか》な宮殿の中を徘徊《はいかい》していた。

リーミン様は絶対に騙《だま》されている。

龍神も、そしてバラクも、信用などできるはずがないのだ。

しかし、リーミンは極めて警戒心が薄く、大事な水晶柱まで敵に預けてしまう始末だ。

敵、……いや、まだ敵と決まったわけでは……。いや、敵に決まっている。

しばし逡巡《しゅんじゅん》したカーデマだが、最後にはそう決めつけた。

龍神とバラク、ふたりは絶対にリーミンを狙っている。

うまいこと騙されて、水晶柱を取られてしまったが、その前に、猫に変化させてくれたのは、不幸中の幸いといったところだろう。

カーデマは朱色の柱の陰に身を潜めながら、これからのことを考えた。

レアンに助けを求めるのは無理だ。リーミンが龍神の宮殿に連れてこられたことだけでも知らせたいが、レアンは遥《はる》か遠く、湖の女神の館にいる。

伝書用の鳥でも使えるならいいけれど、どこに行けば何ができるのか、この宮殿に馴染みのないカーデマは、まずそこから探らなければならなかった。

とにかく、リーミンの身に何が起きようとしているのか、それを確かめる。

それから徹底して隙《すき》を探り、なんとかして水晶柱をリーミンの手に返す。

ああ、忙しい。やることが多すぎていやになる。

カーデマはぶつぶつ呟きながらも、どこかでこの状況を楽しんでいた。

森の中の平和な暮らしが嫌い、というわけじゃないが、たまには刺激があったほうがいい。

そんなことを思いながら、カーデマは柱の陰から陰へと身軽に走っていった。

† 龍神の宮殿

「リーミン様、いかがです？　この先もずっとここでお暮らしになられては……」

ランセは青い目をとろりと細めながら言う。

最初は円卓を挟み向かい合っていたのに、ふと気づくと部屋の様子が変わっている。脚つきの円卓が座卓になり、リーミンもランセも床の敷物の上で寛《くつろ》いでいるといった格好だ。

背中には山と積まれた枕があって、腕を預ける脇息《きょうそく》もある。

両足を投げ出し、ゆったりできるのはいいとしても、ランセとの距離は近すぎた。

「それはもうお断りしたはず。何度同じ質問をなさるのか……」

リーミンは、ほとほと呆れたといった感じで吐き捨てる。

最初から遠慮や気遣いなど無用だと思っていたが、しつこいランセを撃退するには、もう声の調子など気にしていられなかった。

それでもランセはしぶとく、リーミンの肩を抱き寄せようとする。

「あなたは本当に美しい……その怒った顔も絶品だ。我はつくづくレアンが羨ましい」

さらに身を寄せつつ、ランセが囁く。

さすがに頭にきて、リーミンはランセの肩を押しのけた。

「近くに寄られるのは、好きじゃない」

「本当につれないお方だ」

ランセはため息とともに多少は身を退いたものの、少しもこたえた様子がない。

「それで、私はいつまでここで待っていればいいのだ？」

「もう、間もなくでしょう。……しかし、あなたが恋しがっているレアンですが、今は湖の女神の館におられるとか？　湖の女神イラーハ様はリーミン様の母上でしたな……お美しさも、さぞ似ておられるのでしょう」

「何が言いたい？」

含みを持たせた言い方をされ、リーミンはすかさず問い返した。

こういう腹の探り合いは、まったく性に合わない。苛立ちが募ってくるだけだ。

「いや、イラーハ様はたいそうレアンをお気に召されたらしく、毎日そばから離されないそうではないですか」

「何故、そんなことを知っている？」

リーミンはランセの話に不審を覚えた。

ランセは東方の神。イラーハは天帝の妻のうちのひとり。湖の館のある場所は完全に敵地だ。なのに、ランセは妙に詳しく状況を把握しているように思える。

神の〝力〟を行使すれば、遠くで起きたこともある程度は把握できる。でも敵地のことを、ここまで詳しく知るのは困難なはずだ。

「どこで何が起きているか、知っておくのは戦略的にも重要なことですからね」

ランセは、リーミンの不審を見抜いたように、すっと青い目を細めた。

煌びやかな衣装とやわらかな物言い。しかし、ランセは裏で何を考えているかわからないところがある。

それは兄のバラクにも共通する雰囲気だった。

油断はするまい。

リーミンは改めてそう思ったが、その時、つとランセの手が伸びて肩を抱き寄せられる。

「レアンのことはともかく、あなたを自分のものにしたい。そう思っているのですよ。レアンは真面目でいいやつだが、残念ながら〝力〟の弱い半神でしかない。あなたに相応《ふさわ》しいのは、もっと強い男だ。そうは、思いませんか？」

やけに甘い声に、リーミンはぞくりと背筋が震えるのを感じた。

「手を放せ。気やすく私に触れるな。不快だ」

硬い声で言いながら、無遠慮に置かれた手を自分の肩から外そうとしたが、ランセはびくともしない。

それどころか、もう片方の手もまわし、いきなり抱きすくめてきた。

「高嶺《たかね》の花《はな》だったあなたが、せっかく我が懐《ふところ》に飛び込んできたというのに、放すわけがないでしょう」

「何……っ？」

不覚にも、ぎくりとなったリーミンに、ランセはさらに声の調子を落として囁いた。

「あなたはもうどこにも行かせない。レアンのところには帰しません。あなたは我がものとして、ずっとこの宮殿で暮らすのだ」

傲慢《ごうまん》な言い方をされ、リーミンはかっと怒りに駆られた。

人をもの扱いするとは許せない態度だ。

「私は、勝手にやり取りされるものではない」

冷ややかに指摘すると、ランセはおかしげに口元をゆるめた。

「そういう高慢なところが実にいい。嫋やかさだけを求めるなら、他にいくらでもいる。きれいに舞を舞う宮女、我《わ》が儘《まま》な女神、ほっそりした肢体を持つ美しい若者……そういう者たちを侍らせておけばいい。しかし、あなたのように誇り高く美しい神は、他にはいない」

「……放せ……っ、ランセ」

リーミンは懸命に身をよじった。

だが、ランセはますます腕の力を強めてくる。

「きれいなだけの花を手折《たお》っても興がないが、あなたは違う。誇り高いあなたを屈服させ、ねじ伏せてやれば、どんな声で啼《な》いてくれるかと、非常にそそられる」

「ぶ、無礼もいい加減にしろ！」

唇まで寄せてこられ、リーミンは必死に叫んだ。

懸命にもがいたが、ランセの力には敵わない。こうなれば神の〝力〟を使ってこの場を凌《しの》ぐしかない。

リーミンはランセの口を避けながら、素早く念じた。

――我の元へ戻れ！

水晶柱は離れた場所にあっても、リーミンがそう念じれば勝手に戻ってくる。

リーミンが水晶柱を預けることに同意したのは、その確信があったからだ。

――我の元へ戻れ！

しかし、部屋の中に置いてあるはずの水晶柱は、いつまで経っても手元に戻ってこなかった。

「ど、どうして……っ？」

リーミンが呻くように言った時、部屋の入り口で声を張り上げた者がいた。

「バラク様がご到着になりました」

配下の者の声で、ランセはやっとリーミンから手を離す。

自由を取り戻しても、リーミンは愕然《がくぜん》とするあまり、その場を動けなかった。

バラクがゆったり入ってくるのを、ランセが立ち上がって迎えている。

その間、リーミンは何度も水晶柱を呼んだが、なんの反応もなかった。

懸命に目を凝らすと、水晶柱は最初に預けた場所、入り口付近の卓子に置かれたままだ。籠の中に入っているだけで、蓋《ふた》もされていない。

それで、どうして反応しないのか、納得がいかなかった。

でも、ぐずぐずしている暇はない。ランセの態度は無礼すぎる。今のうちに水晶柱を取り戻しておかないと、この先、面倒なことになりそうだ。

リーミンは自ら水晶柱を取りに行くつもりで立ち上がった。

しかし、一歩踏み出そうとしたとたん、無様に倒れ伏してしまう。

足が痺《しび》れたように動かなかった。

「バラク殿、お待ち申し上げておりました。さあ、どうぞこちらへ」

「かたじけない」

挨拶を終えたバラクが、ランセに案内されて近づいてくる。

「兄上……」

リーミンは屈辱で唇を震わせながら、軍装の兄を見上げた。

自分はきっと騙されたのだ。

そう気づいたのは、誰もバラクから水晶柱を取り上げようとしなかったからだ。

そのバラクは近くまでやってくると、大仰《おおぎょう》に驚いてみせる。

「ランセ殿、まだ手をつけておられなかったのか。これでは、時間を置いてやってきた意味がない」

「ははは、我は手順を踏んで事に至るのが好きなだけだ。今、懸命にリーミン様を口説いていたところだ」

「そうか、それは邪魔をしたかな」

ふたりはどかりと席につきながら、磊落に笑い合っている。

リーミンは怒りのあまり、目眩《めまい》がしてきそうだった。

「兄上……私を騙したのですね？　仲介を頼むと言いながら、あなたとランセはすでに知り合いだった」

「ああ、そのとおりです。バラク殿は何度かここを訪れてくださっている」

リーミンに答えたのは、ランセだった。

バラクは、ちらりと倒れているリーミンに視線を投げただけだ。

「どうしてこんな卑怯なことを！　あなたは何故、私をこんな目に遭《あ》わせるのです？」

心の底から怒りが噴き上げて止まらなかった。

レアンの大切な森を質《しち》にして自分をおびき出し、兄はいったい何がしたいのだろう？

「リーミン、おまえの取り柄は、その顔だけだ」

「な、にを……っ」

「そうだろう? おまえはその顔で父上まで狂わせた。生意気で高慢で、年長者を立てるという礼儀さえ弁《わきま》えぬ。目障りなおまえが下界の獣に下げ渡されて、私はせいせいしていたのだ」

ちらりとリーミンを見た眼差しは、凍りつきそうなほど冷たかった。

天帝を介して血の繋がりがあっても、親しみを感じたことは一度もない。兄弟の情など持ち合わせていないのはお互いさまだ。なのに、傲慢なバラクは自分だけが正しいように言う。

「兄らしいことなど、何ひとつせぬくせに、よく言う」

「ふん、相変わらずだな、リーミン。まあいい。そんなおまえでも、ここにいるランセ殿はご執心らしい。なんとか手に入らぬものかと相談されたゆえ、東方軍に加えていただく手土産として、おまえを連れてきたというわけだ」

勝手な言い草に、リーミンはますます怒りが込み上げた。

兄にも腹が立つが、ランセも許せない。

前に助けてもらった恩があるので、多少は気兼ねしていたのに、とんでもない食わせ者だったということだ。

ふたりとも、レアンを数には入らないように無視しているのも、腹立たしかった。

「ランセ殿、兄がなんと言ったかは知りません。しかし私の伴侶はレアン、ただひとり。どれほど言い寄ってこられようと、なびくことなどありません」

リーミンは毅然と言い切った。

敷物の上で無様《ぶざま》にへたり込んでいるのでは、威厳も何もあったものではないが、きっぱりと断る。

「こういうやつなんです。本当に可愛げのないことだ」

バラクはため息交じりに言う。

「そこがまたいいのではないか」

ランセは鷹揚に答えただけだった。

とにかくふたりの関係がわかった今、ここにいる必要はない。

リーミンはじりじりと床を這うように移動した。

バラクは上から尊大にリーミンを見下ろし、ゆっくり腕を組む。

「ランセ殿、先日土産にお持ちしたものは、もうお使いになりましたか？」

「いや、それはまだだ。さっき飲ませた酒に、少し痺れ薬を入れさせてもらったが」

「では、淫花は、あとのお楽しみにといったところですな」

何気なく言われた言葉に、リーミンは息をのんだ。

バラクは確かに淫花と言った。

それで散々嬲られた時の記憶が一気に蘇《よみがえ》り、背筋がぞっとなる。

あんなものを使われたら、おかしくなってしまう。

恐怖を感じたリーミンは、必死に視線を彷徨わせた。水晶柱が置いてある入り口まで、なんとしても行かなければならないが、身体の痺れが強くなってきている。

「な、何をしても無駄だっ、私はあなた方の言いなりになどならぬ！」

必死に叫んだとたんだった。

バラクの額が目映く光り、リーミンの身体がふわりと宙に浮く。

そして、まとっていた長衣が輝く光の粉となって、あたりに飛び散った。

空中で一糸まとわぬ格好にされ、リーミンは身悶《みもだ》えた。

「いやだ、下ろせ！」

いくら叫んでも、傲慢な男たちに無視される。

ランセはいきなり出現した裸身に青い目を輝かせていた。

「見事だ……やはり、美しい……この真っ白な肌が薄赤く染まるところを早く見たい」

「これはもともと淫蕩な身体をしている。先に犯してやればいいんです。ランセ殿は手順を踏むのがお好きとおっしゃった。手順にも色々ありますぞ」

「そうか、では、遠慮なく始めさせてもらうとするか」

バラクに乗せられたランセは、すうと近づいてきた。

バラクがまだ〝力〟を使っているのか、リーミンの身体は宙に浮かんだままだ。身を置く台もないのに、見えない褥に組み伏せられているような格好だ。

しかもランセは、自分に都合がいいように、動かなくなったリーミンの手足を思いどおりに折り曲げる。そして、見えない褥で腰だけ高く差し出す恥ずかしい姿勢にされてしまう。

「や、やめろっ」

リーミンは首を振って拒否したが、手足はすでに動かなくなっていた。

「あなたを抱く日を夢見ていた。色々試してみたいことはあるが、バラク殿のお勧めどおり、まずはあなたのここに、我のものをねじ込むこととしよう」

ランセはわざわざ耳に口を寄せて囁く。

「やめろ！　そんなこと、絶対に許さない！」

リーミンは必死に叫んだ。

次の瞬間、ランセの頭が移動し、いきなり開かされた両足の間に呼気を感じる。狭間に鼻をつけられて、くんと匂いを嗅《か》がれた。

「なんとも甘く、香しい」

「くっ」

とんでもない評価を下され、リーミンは屈辱で身を震わせた。

しかしランセはすぐにまた口を近づけてくる。そして、長い舌で乾いた蕾をぞろりと舐め上げられた。

「あ、やぁ……っ」

身をよじって逃げ出したいのに、見えない〝力〟で押さえつけられて、指一本動かせない。手足も痺れているのに、いやらしく舐められる舌の感触だけは、ありありと感じる。

「あなたは、こんな場所まで可憐《かれん》なのか……」

ランセは感極まったように言いながら、中に舌まで挿し込んでたっぷり唾液を送り込んだ。

「くっ、……ゆ、許さない……っ、絶対に……許さないっ」

リーミンは呻くように言ったが、ランセの動きは止まらなかった。

何度も舌を出し入れされているうちに、リーミンの蕾はその刺激に慣れ始めてしまった。頭では拒否しているのに、身体はレアンとの行為で熟《う》れきっている。だから、ランセの愛撫に反応し、固かった場所が徐々にゆるんでいった。

「あなたはやはり、素晴らしい。リーミン様、さあ、我がものとなってもらいますよ」

「いやだ」

ランセは素早く前を寛げて、リーミンの腰を引き寄せた。

そして舌で蕩けさせた蕾に、ごつごつした棍棒《こんぼう》のような凶器を宛がう。

「やあっ……っ、……く、ぅ」

ランセは前置きもなく、無造作に中に入ってきた。

狭い場所が硬い切っ先で無理やり広げられ、長大な男根が奥の奥まで入ってくる。

リーミンは悔し涙をこぼしたが、逃げることは叶わなかった。

「まずは、どこまで淫蕩なお身体をしておられるのか、確かめさせてもらいましょう。バラク殿がお持ちくださった淫花を使う前に、我の手で啼いていただきましょうか」

最後までリーミンの中に収めたランセは、余裕で言いながら、ゆったりと腰を使う。

棍棒のように太いものが、狭い場所を行き来するたびに、激しく擦れた肉襞がざわめいた。

唾液をたっぷり使われたせいか、ぬちゅぬちゅと、卑猥《ひわい》な音も響いてくる。

リーミンはそのたびに、楔から逃げようと力を入れるが、身体は少しも動かなかった。

「くっ、……うぅ……っ」

こんな行為は許せない。ランセがいくら望もうと、絶対に声など出すものかと、きつく奥歯を噛みしめる。

だが、何度も出し入れされると、行為に慣れた身体が徐々にゆるんでくる。

最初は狭い場所を無理やり押し広げられて苦しかったのに、ランセが長大な男根を突き入れてくるたびに、内壁で妖しいうねりが生じていた。

「なんと、素晴らしい身体だ。ひと突きするごとに、柔襞がねっとりとまとわりついてくる。レアンのやつ、これほどまでのお身体を、毎夜、己のものにしていたとは」

ランセはわざとらしく言いながら、リーミンの尻を両手でつかんだ。

弾力を確かめるように揉まれ、それと同時に、ひときわ奥まで太いものを突き入れられる。

ランセは己のものを最奥に留め、リーミンの尻をつかんだままで、ぐるりと大きく回転まで加えてきた。

「く、うっ」

内壁が引きつれて今にも声を上げそうになるが、リーミンは必死に堪えた。

最奥を掻きまわされると、そこが疼《うず》くように熱くなってくる。こんな男に犯されて、絶対に感じるものかと思うのに、淫蕩な身体は徐々にリーミンを裏切り始めていた。

ぬぷっと奥を突かれると、柔肌がさざめくように反応する。ゆっくり引き抜かれていく時には、それを留めようとするかのように内壁がまとわりつく。

引き抜いた男根を、今度は焦らすようにゆっくりと中まで戻される。

「うっ、く、ふっ」

ランセは深々と突き刺したままで、リーミンの耳に口を寄せてきた。

「お声を抑えておられるようですね、リーミン様。しかし、いつまで保ちますかな？　そろそろ我のものに馴染まれたでしょう？　こうやってゆっくり掻きまわすと、あなたの柔襞が悦んでいるのがよくわかる」

「だ、誰がそんなこと……っ」

懸命に言い返すと、ランセはくくくっと忍び笑いを漏らす。

「さて、これで準備も整った。これからが本番ですよ、リーミン様。どこまで意地を張っていられるか、とくと拝見しましょうか」

「お、おまえなどの好きにはならぬ！」

リーミンは苦しい息を継ぎながら、ランセをなじった。

しかし龍神は、少しも気にせずに笑っているだけだ。

そして、次の瞬間だった。内壁を押し広げている太い凶器が、ふいに変形する。

「あ……くぅ」

柔襞のあちこちが、何か硬くて弾力のあるもので引っ掻かれる。

ランセの男根の表面が、鱗《うろこ》状の突起で覆われていた。

奥へ押し込まれる時はまだいいが、引き抜かれる時がたまらなかった。無数の鱗が柔肌に食い込んで、熱い疼きに襲われる。

中には特に敏感な場所があって、そこを鱗で抉られると、目が眩《くら》むような衝撃を感じた。

「う、くっ……うぅ」

「いかがです、リーミン様？　レアンとはひと味違うでしょう？　この形で攻め続けると、大抵の者はよがり狂う。リーミン様にも気に入っていただけたようで、光栄です」

ランセはとろりと言いながら、リーミンの前に手をまわしてきた。

するりと指で触れられたのは、いつの間にか張りつめてしまった花芯だった。

「あ、……っ」

息をのんだ刹那《せつな》、狙ったように弱い場所に鱗が刺さる。

リーミンは我知らず、ぎゅっと中のランセを締めつけた。

一気に熱いうねりが生まれ、身体中に衝撃が走る。

「あぁっ、……あぁぁ……っ」

一度喘ぎがこぼれると、あとはもう歯止めがきかなくなった。

今までなんとか意識をそらしてきたが、龍神に最奥を穿たれるとどうしようもなく感じる。

びっしり鱗の生えた男根で内壁を抉られると、気持ちがよくてたまらなかった。

「おわかりになったようですね。くくっ、どこがいいですか？　ここですか？」

龍神は勝ち誇ったように、敏感な場所ばかり狙って腰を使う。

「あぁぁ、……っ、あぅ」

抜き差しするたびに、少しずつ角度を変えられ、リーミンが嬌声を上げると、集中してそこを攻められた。

感じたくなどないのに、鱗で引っ掻かれるごとに、花芯が痛いほど張りつめていく。

押し広げられた内壁に与えられた愉悦で、身体中がさざ波のように震える。

ランセは決して動きを速めない。ぬぷっぬぷっと、ゆっくりリーミンを犯すだけだ。

なのに、そそり勃った花芯の先端に、蜜がたっぷり溢れてくる。

「ああ……っ」

今にも極めてしまいそうなまでに高められ、リーミンは涙をこぼした。

淫らな身体が呪わしい。龍神などに犯されて、感じている自分が許せなかった。

それでもランセの動きは巧妙で、後孔を犯されただけで、感じさせられる。

「達きたいのでしょう？　いいですよ、我のものを咥え込んだだけで極めればいい。一緒に出して差し上げましょう」

「く、うっ、……うぅっ」

リーミンは懸命に首を振った。

だがランセはリーミンの抵抗など意に介してもいないようだ。

「リーミン様が極められるお顔、拝見せねばもったいない。後ろからでは具合が悪い。向きを変えましょう」

そう言ったかと思うと、空中で固定されていた身体が、穿たれた楔を軸に、ぐるりと回転する。

いつの間にか実体化させた褥に、リーミンの背中を押しつけ、上からのしかかってきた。

「な、っ、ああっ！」

それだけではなく、腰が勝手に浮き上がり、両足をもっと大きく開かされる。

「さあ、これが一番深く、我を受け入れられていいでしょう」

ランセは言葉どおり、上からぐうっと腰を進めてくる。

「あぁ、……あ、くっ」

内臓を突き破られそうなほど深くまで犯されて、リーミンは涙をこぼした。

いやでたまらないのに、敏感な内壁を擦られると、愉悦を感じる。

はち切れそうなほどになった花芯が天を向き、ランセの動きに合わせていやらしく先端を揺らす。

限界が近かった。後孔を犯されただけで、ランセは他にはいっさい触れていない。花芯を駆り立てることさえしなかったのに、身体の奥から欲望が迫《せ》り上がってくる。

「さあ、達ってみせてください」

ランセはにやりと笑い、ひときわ奥まで鱗で覆われた男根を突き入れる。

次の瞬間、鱗でくいっと弱みを抉られ、リーミンはあっさり限界を超えた。

「うぅ、……あぅ、……っぅ」

びくんと震えた花芯から、とぷっと白濁が溢れてくる。

まぶたの裏が真っ赤になるほどの愉悦で、リーミンは痙攣《けいれん》を起こしたように腰を震わせた。

「そう、それでいい。我も、たっぷり青龍の子種を注ぎ入れて差し上げよう」

言葉が終わらぬうちに、身体の一番奥深くに、大量に欲望を浴びせられる。

過敏になった柔襞に、いやというほど熱い迸りがかけられて、新たな愉悦が噴き上げた。

龍神に穢《けが》されたリーミンは、悔しさと惨《みじ》めさで、またひと滴《しずく》涙をこぼした。

「いいざまだな、リーミン。ランセ殿に尻を犯されただけで達ったのか」

バラクが嘲るような声をかけてきたのは、龍神が鱗に覆われた長大な男根を引き抜いた時だった。

たっぷり注がれた欲望が、だらだらと狭間からこぼれてくる。

惨めさが窮《きわ》まっているというのに、そんなささいな刺激でさえも感じてしまい、リーミンはぶるりと小刻みに身体を震わせた。

「まずは小手調べといったところでしたが、さすがに素晴らしいお身体をしておられる。バラク殿もいかがか？」

「ああ、久しぶりに弟の身体を味わうのも一興だろう」

「では、どうぞ」

身動《みじろ》ぐこともできないリーミンのそばで、ふたりの男がひどい会話を交わす。

「ランセ殿は色事に趣向を凝らされるのがお好みのご様子。私もひとつ、試してみよう」

「おお、何を試されると？」

リーミンは焦点の合わない目で、ぼんやりとバラクの端整な顔を見ていた。

だが、その長身の輪郭が徐々に揺らぎ、消えていく。そしてもう一度、形を成した時、そこにいたのは懐かしいレアンだった。

「レアン……？」

リーミンは我知らず、ぐったりした手を伸ばした。

「そう、私はおまえが大好きなレアンだ。たっぷり可愛がってやるから、ランセ殿にもいい声を聞かせてやれ、リーミン」

リーミンははっと我に返った。

目の前の男はレアンにそっくりな顔をしている。でも、レアンはここにはいない。

「あ、に、上……っ」

偽者の正体はバラク。

なのに、ぐったりした身体には逃げるだけの力が残っていなかった。

レアンの顔をしたバラクは、ゆっくり褥の上に乗り上げて、リーミンの身体を抱き寄せる。

「い、やだ、離せっ！」

リーミンは懸命にもがいたが、バラクの腕からは抜け出せなかった。

龍神はゆったり成り行きを見物する構えで、褥から離れた場所に座している。

「私はレアンだ。なのに、どうしていやがる、リーミン？」

バラクは空々しい言葉とともに、リーミンの口を塞いできた。

そして剝き出しの肌に手を這わされる。

今まで何もされていないのに、つんと尖った乳首を指できゅっとつまみ上げられた。

とたんに、愉悦がぶり返し、身体の芯まで震えてしまう。

「んぅ、……っ」

口を強く塞がれたリーミンは、呻くことしかできず、バラクの術中に堕《お》とされていくだけだった。

†

物陰に隠れていたカーデマは、バラクがやってきた時から、密かに様子を見続けていた。

リーミン様、やっぱり犯されちゃったな……。

ほんとに、あれだけきれいなんだもの。みんながリーミン様を欲しがるのも無理ないと思う。ぼくだって、レアン様に抱かれてるリーミン様を見ただけで、おかしな気分になるくらいだから。

だけど、リーミン様、いやがってる。やっぱりレアン様じゃないと駄目なのか……。

助けてあげたいけれど、今のぼくではどうにもならないな……。

さきほど、衛兵の隙を見て、水晶柱を入れた籠には近づいてみたのだ。カーデマは直接触れないが、卓子から籠を落とせばなんとかなるかもしれない。

そう思って籠に飛びついてみた。

だが、カーデマはその籠に触れることができなかった。

籠自体に強力な結界が張られているらしく、よくよく見てみると、籠からゆらゆら黒い影が立ち上っている感じだ。

天帝の宮殿ではあまり馴染みのないものなので、おそらく東方の神々だけが使う特殊な〝力〟なのだろう。

あるいはランセ自身が封印を施したのかもしれない……。

今度ばかりは、ぼくもお手上げだな……。

やっぱりレアン様を呼んでこなきゃ、駄目だろうか。

いや、呼んできたって、レアン様のお力は弱い。あのバラク様、それに龍神を相手に戦うなんて絶対に無理だ。

八方塞がりの状態では、打つ手もない。

だからカーデマは、リーミンが犯されるところを見ているしかなかったのだ。

† 森の神

レアンが湖の女神の館に来て、すでに二十日ばかりが経とうとしていた。

イラーハは何故かレアンを気に入り、レアンは毎日狼の姿でそばに侍っている。

しかし、イラーハの厚意で、日に一度は育ての親の様子を見に行くことを許されていた。

秘密を明かしたことで安心したのか、シャガルは粗末な小屋の寝台で、ずっと眠ったままになっている。目を覚ます気配もなく、おそらくこの一日か二日の間に、命の灯火《ともしび》が消えてしまうものと思われた。

シャガル本人が無理な延命は望まないと明言したので、レアンには黙って見ていることしかできなかった。

それでもシャガルは、レアンの気配を感じ取ると薄く微笑を浮かべる。

その笑顔を見て、レアンはほんの少しだけ心を慰められていた。

「レアン、どうじゃ。このまま妾の元に残る気になったか？」

女神は毎日同じことを問う。

レアンの答えはもちろん同じだ。

「申し訳ありません」

「そうか……」

　日を追うごとに、女神はひどくがっかりした声を出すようになり、レアンはさらに申し訳なく思うだけだった。

館はどこもきれいに磨き上げられているが、仕えている神子は皆、暗い顔をしている。

そして神子たちは、レアンが女神の心をとらえていることに、驚きの目を向けていた。

察するに、今までは女神が怖くて、誰もが必要以上に近づくことを避けていたのだろう。

そして女神は、少々ねじれた性格ゆえに、孤独を深めていったのだと思う。

天帝の寵愛《ちょうあい》を受けていた時、特にリーミンが生まれた頃は、この館もさぞ賑《にぎ》やかだったのだろう。

そうして女神のことが徐々にわかってきても、事態が進展するわけではなかった。

水晶柱を返してもらう件は、いまだに許可が下りていない。

そして、さらに何日かが過ぎ、シャガルはとうとう還《かえ》らぬ人となった。

レアンは眠るように息を引き取ったシャガルを、湖が眺められる小高い丘の上に埋葬した。

すべてを済ませたあと、小舟を操って館に戻ると、何やら妙に騒がしい。

レアンはすっと銀狼の姿に変化し、イラーハの元へと急いだ。

「何事かあったのですか？　皆の様子がどことなくおかしいですが……」

いつもどおり、女神の長椅子の前に身を伏せると、すぐにイラーハの手が伸びて、気持ちよさそうに背中を撫で始める。

あまり心地がいいものではないが、レアンはじっとされるがままになっていた。

「さきほど天帝からの遣いが来た。それで皆が騒いでおったのじゃ」

天帝という言葉に、レアンはぎくりと怯みそうになった。

だが、天帝自身がやってきたわけではないと思い直し、もう少し詳しく事情を訊ねた。

「近々東方の神々とまた戦《いくさ》をするそうじゃ」

イラーハは淡々と口にしたが、レアンは一気に警戒を高めた。

「東方の神々と、戦、ですか?」

「ああ、しばらくの間、戦を控えておられたが、今度はかなりの軍を引き連れての遠征となるらしい」

「大軍を仕立てて東方へ向かわれると……?」

不安を掻き立てられて、レアンの声は自然と沈んだものになった。

リーミンがいる森は、ランセの宮殿とは離れている。しかし、天帝はあれだけリーミンに執着していたのだ。戦の途中で、森に立ち寄る可能性は充分にあった。

「バラク殿はもう何日も前に出陣されたとか……近いうちに、天帝もイサール殿と一緒に出られるそうだ」

バラクとイサールの名に、レアンはぎりっと奥歯を噛みしめた。

天帝カルフと、バラク、イサールの兄弟が、寄ってたかってリーミンを嬲りものにしたのだ。許せることではなかった。

レアンの様子を窺った女神は、怪訝そうに首を傾げる。

「レアン、そなた……遠征のことが気になるのか？」

「はい……東方にはリーミン様がお出でになりますから」

リーミンの名を聞いて、女神が不快げに眉をひそめる。

しかし、その女神の口からは思いがけない言葉が返ってきた。

「リーミンはもうそなたの森を出たそうじゃ」

「森を……出た？」

レアンは呆然となった。

ひどい喧嘩《けんか》をしたせいで、リーミンは自分に愛想を尽かして出ていったのだろうか。

一瞬、そんな疑心暗鬼《ぎしんあんき》にとらわれて、恐怖を感じる。

だが、たとえそうだとしても、追いかけていくだけだ。

リーミンは自分の番《つがい》。そしてレアンは生きている限り、リーミンを追い求めるだろう。

「レアン？　そなた大丈夫か？」

女神に声をかけられて、レアンはふっと我に返った。

「すみません。そのお話、もう少し詳しくお聞かせくださいますか？」

「ああ、かまわぬぞ。バラク殿は才知に長けた方。リーミンを使って、龍神を罠にかけるそうじゃ」

「リーミン様を使って？」

「あれは、誰にでも色目を使うのだろう。龍神がリーミンを所望したゆえ、バラク殿はそれに協力したそうだ。バラク殿はそれで東方軍にまんまと居場所を得た。天帝が戦いを仕掛けられたら、内部から打って出て挟み撃ちにする作戦らしい」

レアンは思わず四肢に力を入れて、むくりと起き上がった。

信じられない言葉に、いやな予感が膨れ上がる。

「どうした、レアン？」

女神が訝しげな声を上げる中で、レアンは狼の変化を解いた。

「あ……っ」

逞しい男がいきなり目の前に出現し、イラーハは息をのんでいる。

女神の前で恥ずかしくないだけの身なりはしているつもりだが、装飾品の類はほとんどつけていなかった。

「イラーハ様」

レアンは低く呼びかけて、床に片膝をついた。

女神に敬意を表するため、一度深く頭を下げてから、毅然と視線を上げる。

イラーハのきれいな顔には、臆したような表情が浮かんでいた。

「な、なんだ……?」

「お願いでございます。水晶柱をお返しください」

多くを言う必要はなかった。女神はその理由をよく知っている。

イラーハはひくりと眉をひそめ、そのあとばつが悪そうにレアンから視線を外す。

「そなたは、そんなにリーミンのところへ行きたいのか?」

「はい」

「あれはいつも禍《わざわい》の元となる。リーミンのところへ行けば、そなたも巻き込まれてしまうぞ。そなたも天帝の強さはわかっているだろう? バラク殿もイサール殿も、並みの神ではまったく歯が立たない強大な〝力〟を有している」

「私は好んで、その方々と戦いたいわけではありません。ただリーミン様をお救いしたいだけです」

レアンは淡々と答えるのみだった。

イラーハは再度レアンに向き直り、苦しげに見つめてくる。

「そなたは死ぬかもしれない。天帝は己のものを奪った者を決して許さない。今までそなたを見逃していたのも、その気になればいつでも始末できると思ってのことだ」

「わかっております」

「行くな、レアン。ここに留まれ」

女神は悲痛な声を上げたが、レアンの決意は変わらなかった。

「申し訳ありません。もし、お心に適わず、水晶柱をお返しくださらずとも、私はリーミン様の元へ行きます」

〝力〟を得ないままでは、リーミンを救うどころか、瞬殺されてしまう可能性が高かった。

それでもリーミンが困った事態になっているのを、黙って見過ごすことなどできない。

「たかが半神のそなたに何ができる?」

「そうですね。おっしゃるとおりです。弱い俺は、リーミン様の元で命を落とすのがせいぜいになるかもしれない」

「それでも行くのか?」

「はい」

「そんなに……そなたはそれほどまでに、リーミンのことを……」

女神の声は泣いているように聞こえた。

「俺は、リーミン様だけを愛しております。リーミン様が俺のそばを離れる日が来るのなら、リーミン様ご自身の手で俺の命を絶ってくださるよう、元からお願いしてあります。ですから、同じことです」

レアンは正直に自分の気持ちを打ち明けた。

不思議だが、あれほどこだわっていた水晶柱のことは、もうあまり頭になかった。

リーミンに諦めろと言われたにもかかわらず、水晶柱欲しさでこの館に留まった。

だから、こんな事態に陥ってしまったのだ。

あの時、何故、一緒に森へ帰らなかったのかと、レアンは今になって激しく後悔していた。

一緒にいさえすれば、万にひとつの可能性としても、リーミンを守れたかもしれないのに。

今さら駆けつけたところで遅すぎるかもしれない。水晶柱なしで、何ほどのことができるかもわからない。

それでもレアンは、今すぐに、愛するリーミンの元へ行くつもりだった。

「馬鹿なやつだ……そなたほど馬鹿な狼は初めてだ」

女神はおかしげに言い、ほっとひとつ息をつく。

そして、すっと長椅子から立ち上がって、レアンに命じた。

「ついてこい」

「はい、イラーハ様」

レアンは短く答え、毅然と歩きだした女神のあとに従った。

†

イラーハから、母が遺したものだという水晶柱を受け取ったレアンは、すうっと深く息を吸い込んだ。

イラーハは、小箱に収めた水晶柱を手渡したあと、ひとりで部屋を出ていった。

レアンはそっと小箱の蓋を開けた。

とたんに、目映い光があたりに乱舞する。

水晶柱は、新しい主との出会いを喜んでいるかのように、緑色のきれいな輝きを放った。

「これが、俺のために遺された水晶柱……」

レアンは感動とともに、そっと水晶柱に指先を触れさせた。

たったそれだけのことで、水晶柱がレアンの鼓動に合わせたように明滅する。

まるで水晶柱自体が生きたもののようだ。

そっと掌に乗せると、水晶柱はいちだんと輝きを増す。

そして、水晶柱の息づきとともに、亡き両親の思いも伝わってくる気がした。

生まれてすぐに別れたので、レアンには両親の記憶がない。なのに、脳裏には自然と、森を疾駆する力強い牡狼、そして美しい銀色の髪をした優しげな女性の姿が浮かんでくる。

レアンはこの世に自分を生み出してくれた両親に感謝を捧げた。

しばらくして、緑の輝きを放つ水晶柱がふわりと掌から浮き上がり、すうっとレアンの額に吸い込まれていく。

「これは……」

自分を取り巻く世界がいきなり激変し、レアンは軽い目眩を覚えた。

今までぼんやりとしか知覚できていなかったことが、やけにはっきり見える気がする。

それと同時に、身内に恐ろしいほど強大な〝力〟が宿ったことがわかった。

男体でいるより、狼でいたほうが〝力〟が勝る。

しかし、今のそれは、そういう段階を遥かに凌駕《りょうが》していた。

レアンはようやく望む〝力〟を手に入れたのだ。

リーミンを守るだけの〝力〟。絶対に守りとおすだけの〝力〟だ。

ここが館の内でなかったら、レアンは世界中に響き渡るような咆吼《ほうこう》を放っていただろう。

額の中の水晶柱に意識を向け、軽く念じただけで、レアンの身体は館の外へと運ばれた。

今までなら、結界ひとつを作り出すにも苦労していたのだが、まるで蒲公英《たんぽぽ》の綿毛でも飛ばすような気安さだ。

湖の畔に立ったレアンは、再び狼の姿に変化した。そして一目散に、焼け野原にされた己の王国へと疾駆した。

無残に折れた大樹の根元に、新しく芽吹き始めた草が生えていた。その草に前肢で軽く触れて〝力〟を与え、それから力強い四肢でしっかりと大地を踏みしめる。

森はまだ生きていた。かすかだが、蹠球《しょきゅう》から復活への鼓動が伝わってくる。

レアンは太い前肢を介して、水晶柱の〝力〟を大地へと注ぎ込んだ。

主の〝力〟を感じ取った小さな命が、あちこちで歓喜の声を上げる。

これで森は元に戻るはずだ。十日後か、あるいは七日後。注ぎ込んだ〝力〟が今までとは比べものにならないので、もっと早く瑞々しい森が再現するかもしれない。

しかし、残念ながら、それを見届けている暇はない。

レアンは素早く東方の森へ帰る結界の道を作り出し、力強く大地を蹴った。

今まで、全力で走っても何日もかかっていた距離が、結界を使えばほんのひと駆けだ。

レアンは瑞々しく緑を繁らせている東方の森に帰り着き、木々や草、虫、鳥、小さな獣と、森に棲むすべての生き物に無言で話しかけた。

森の生き物は言葉を持たない。それでも、皆が少しずつここで起きたことをレアンに教える。

「ありがとう、おまえたち。よくわかった。リーミン様は、おまえたちを守るために、自ら森を出られたのだな」

事情を知り、レアンの胸には沸々《ふつふつ》と新たな怒りが生まれた。

リーミンは、自分が大切にしているものを守ってくれたのだ。

それが、胸が震えるほどに嬉しい。

そして、汚ないやり方をしたバラクが心底許せなかった。

許せないのは、ランセも同じだ。

まだ女神の話を鵜呑《うの》みにするわけにはいかないが、ランセは最初からリーミンを欲しがっているように見えた。バラクの口車に乗せられたのだとしても、リーミンを傷つけていたら、絶対に許せるものではない。

レアンはランセの宮殿があるあたりに眼差しを固定した。

青の双眸が見つめるのは、晴れ渡った空の彼方《かなた》にいるはずの、リーミンだった。

「すぐ、助けに行きます、リーミン様」

レアンはそう呟いて、森をあとに力強く駆けだした。

† 陵辱

リーミンは龍神の宮殿の奥深くで、ランセとバラクに交互に犯されていた。

正気を保っていられたのは最初のうちだけだ。ふたりはまるで競い合うように、交合の業を繰り出してくる。

リーミンがどんなに厭《いと》わしく思おうと、レアンによって散々悦楽を植えつけられた身体では、長く抵抗などできなかった。

肌を嬲られるたびに嬌声を上げ、後孔に歪な男根を咥え込んでは圧倒的な快楽を貪る。

何度精を吐き出しても、新たな欲望が噴き上げてきた。

口に男根を咥えさせられて、さらに後孔も男の肉茎で貫かれながら、なお快楽を求めて腰を振る。

淫らな己を恥じていられたのは、何度犯された頃だったろうか。

「いい格好になりましたね、リーミン様。あなたの矜持《きょうじ》がどこまで保つのか、楽しみでしたが、さすがです」

青の衣装をまとったランセは、悠然と腕組みをする。

リーミンは両手を縛られて、高い天井から吊るされていた。ランセは加虐の趣味があるのか、ご丁寧に、リーミンの両足にも細い縄をつけて大きく開かせ、そのうえ、赤く腫《は》れ上がった左右の乳首と、張りつめた花芯の根元まで、紅の細い絹紐できつく縛《いまし》めた。

「こんな、真似をして……っ、ゆ、許さない……っ」

リーミンは屈辱に震えながらも、必死にランセをにらみつける。

だが、潤んだ目は抑えようのない欲望で暁の色に染まっていた。

壮絶な色香を発するリーミンに、ランセは満足げに笑っている。

その隣では、バラクもまた皮肉っぽい笑みを浮かべていた。

「なかなか勇ましいことですね、リーミン様。それでは、もっと可愛らしく啼いていただくようにしましょうか」

「こ、これ以上、何をする気だ？」

不穏な台詞に、リーミンは思わず震え声を出した。

こんな者どもを恐れるのは、神としての誇りにかけても許されない。でも、これ以上、何をされるのかとの不安は隠しようがなかった。

ランセがさっと右手を振ると、黒の長衣を着た配下の者たちが何人も現れて、縛られたリーミンを取り囲む。

思わずびくんと身体を緊張させると、ランセがわざわざ近づき、リーミンの耳に甘い声で囁いた。

「あなたの身体に、バラク殿がお持ちくださった淫花の花蜜を、たっぷり塗り込めて差し上げましょう」

「な……っ」

不穏な言葉に、リーミンは心底恐怖した。

思わず背筋をぞくりと震わせると、ランセはにやりと笑って離れていく。

代わりに配下の男たちが寄ってきて、刷毛《はけ》で花蜜をリーミンの身体に塗り始めた。

「やっ、めろ……っ、無礼者っ」

必死に命じても、男たちは止まらない。

淡々と茶色の瓶《びん》に刷毛を入れ、とろりとした蜜をたっぷりすくい取ってリーミンの素肌に塗りたくる。

「や、ああっ……、あっ」

なめらかな肌を刷毛でくまなくなぞられ、リーミンはたまらず身体をよじった。

ただでさえ、過敏になっていた肌に、刷毛を這わされたのだ。それだけでも耐えがたいのに、塗られているのは甘い匂いの花蜜だった。

淫花の恐ろしさは身をもって知っている。なのに身体中にそれを塗られては、正気を保っていられるかどうか怪しかった。

「やあ、っ、やめろっ！」

リーミンはもう意地を張る気力もなく、声を張り上げた。

しかし、どんなに叫んでも、男たちは手を休めない。

胸の尖りや、張りつめた花芯には、特に丁寧に花蜜を塗り込められた。

中には細い筆を持っている者もいて、後孔にまで挿し込んでくる。

「くっ、うぅ……」

どんなに首を振ろうと、どんなに身体をよじろうと、上から吊るされた身では、大勢の手から逃れられなかった。

そのうち、身体の芯からじわりと熱が生まれ、たまらない疼きも湧き起こる。それはたちまちリーミンの身体中を覆い、燃えるような熱さとなる。

散々筆で悪戯《いたずら》された乳首が、ぷっくりと勃ち上がっていた。痛いほど痼《しこ》った先端に、気が狂いそうな痒みを感じる。何かで掻きむしってもらわないと、到底我慢できない。

根元を縛られ、腹に突くほどそそり勃った花芯も同じだった。蜜を溜めた窪みが、何かを求めて喘ぐように開閉している。縛られた根元のずっと奥では、快感の流れが渦を巻くようにこごっていた。

なのに、そこをどうにかしてほしくてたまらない。思いきり白濁を噴き上げてしまえば、少しは楽になるかもしれないのに、紐がきつく食い込んでいて果たせない。

吐き出せない精が下腹に溜まり、身体中がびくびくと痙攣を起こすように震えた。

もっとひどいのは後孔で、痒みが最高潮に達している。今すぐ何か太くて硬いもので、何度も掻きまわしてもらわないと、耐えられそうもなかった。

「あ、あぁ……あぅ」

男たちが満足して離れていく頃には、もうまともに口をきくことさえできなかった。

額に汗を浮かべ、苦しい息をつきながらリーミンが悶え苦しんでいると、ランセとバラクがゆっくり近づいてくる。

「いい格好だな、リーミン。だが、おまえにしては、まだ乱れようが足りないのではないか?」

「おや、これは聞き捨てならぬお言葉ですな」

バラクの言葉を聞き咎め、ランセがわざとらしく抗議する。

「リーミンは淫花の雄蘂《おしべ》を咥え込んで、散々悦んだ経験もある」

「そうか、淫花の雄蘂に対抗するとなると、こういう趣向はいかがかな?」

勝手なことを言い合うふたりに、リーミンはとろりとした目を向けるのがせいぜいだった。

しかし、ランセがふっと手を振ったので、ぼんやりその先を追う。

ランセの指が差したのは磨き抜かれた床だった。

その床の上の一点に青く光る円ができる。そこから、何かさわさわと動きまわるものが、次から次へと湧き出してきた。

「それはいったいなんですか？」

バラクが驚いたような声で訊ねる。

「これはまあ、我が分身といったところか」

「ほお、よくよく見ると、小さくとも龍の形をしている。リーミンもこれなら、もっといい声で啼くかもしれませんな」

「それはもう確実です。何しろ我が分身だ。存分な働きをすることは間違いありません」

ぼんやりしていたリーミンは、それが縛られた綱を伝い、足元に上ってきて、初めて恐怖を感じた。

「な、っ、何っ？」

何十匹もの動きまわる青い虫……いや、これは虫じゃなく、蜥蜴《とかげ》か？　違う。龍だ。体長はせいぜい掌ほど。決して大きくはないが、ちゃんと青い鱗に覆われ、四つの肢と長い尾がついていた。

それが、さわさわと器用に剝き出しの足を上ってくる。

「いやだ！　いやあ——っ」

喉が裂けんばかりに叫んでも、ぞろぞろ這い上ってくるものは避けようがなかった。

小さな龍は次から次へとリーミンの肌に取りつき、あろうことか、先が二本に割れた赤い舌を出して、塗りつけられた花蜜を舐め始める。

「ううっ、ぅぅ……っ」

どっと涙を溢れさせながら、リーミンは身悶えた。

赤い紐でくくられた乳首を舐めるものがいるかと思うと、花芯にも何匹もの小さな龍が取りついている。

龍が身体中を這いまわっている間に、肌に塗られた蜜がさらに内部へと浸透していく。

「やっ、ぅ」

リーミンは身体の芯で起きた変化に、涙をこぼしながら首を振った。

だが、ぷっくり勃ち上がった乳首を舐められると、明らかな快感の疼きが湧き起こる。

「うう、……っ」

花芯に取りついた龍に細い舌を這わされると、そこがさらにきつく張りつめた。

淫花の蜜で痒くなったところを、くまなく舌で刺激されるのが気持ちいい。

もっともっと、痒くなくなるまで舐めてほしいとさえ思い始めてしまう。

「やあ、んっ」

形のいい口から吐く息が甘くなり、声にもねだるような響きが交じる。無意識に腰を揺らしてしまうのも、止めようがなかった。

だが、尻に取りついていた龍が、蜜でしとどに濡れたあわいを覗いた時は、さすがにびくりと正気が戻った。

「あ……っ」

小さな龍は先の割れた長い舌で、ぺろぺろと閉じた入り口を舐めていたが、そのうち物足りなくなったように、頭まで突っ込んでこようとする。

「やっ、いやだ！」

リーミンは懸命に腰をよじったが、尻に向かう龍の数が増えただけだ。

一匹目がとうとう頭を割り込ませる。二匹目がそれを助けるように前肢で狭間を割り開く。

「いやだっ！　やめろ！」

どんなに叫んでも、リーミンの蕾に興味津々《きょうみしんしん》の龍は止まらなかった。

小さな龍が蕾に潜り込んでくる。中にたっぷり塗られた蜜を狙い、舌を這わせながら奥まで入ってくる。

「いやぁ――っ、いやだ！　レ、アン……っ、助けてっ！」

あまりのおぞましさで、リーミンは泣き叫んだ。

だが、助けてくれるはずの番《つがい》は、ここにはいない。

霞んだ視界の中で、ゆったり腕組みをしながら様子を眺めているのは、ランセとバラクのふたりだった。

「リーミン様、なかなか頑張りますな」

「あと、ひと押しだろう。それにしても、龍は何匹中に入ったのだ？」

「さあ、三頭は潜り込んだものと思いますが……」

ひどい評価を下すふたりをにらむ気力もない。

「あ、……う、くぅ」

中でもぞもぞ動いているものが、気持ち悪かった。

なのに、敏感な柔襞を舐められ、前肢でぎゅっと押され、長い尾でも叩かれる。

「うぅ、……う、」

その間にも、淫花の蜜がどんどんリーミンの神経を冒《おか》し、おぞましい刺激が、何故か、えもいわれぬ悦楽に変わっていく。

「あう……、あ、ふっ、ああっ、んぅ」

もう正気さえも手放して、リーミンは甘い声を上げ続けるだけになる。

どれほど経った頃か、口からだらだら唾液をこぼしているリーミンのそばに、ランセとバラクが近づいてきた。

また犯される。

恐怖に怯えたリーミンは、僅かに身体をよじった。

「怖いのですか、リーミン様？　いいお顔をしておられる」

近づいたランセがとろりと青い目を細めながら、リーミンの顎に手をかけてくる。

このような裏切り者に屈服などするものか。

リーミンは僅かに残った誇りで、必死にランセをにらみつけた。

ふと気づくと、身体の中を這いまわっていた龍の感触が消えていた。肌を舐め回していた龍も、一匹残らず消え去っている。

それでも、リーミンの身体はひっきりなしに疼いていた。淫花の蜜と龍に煽《あお》られたせいで、当分の間、熱は引きそうもなかった。

中では柔襞が咥え込むものを求めてひくついている。縛られた花芯も解放される一瞬だけを求め、蜜を溜めた先端をせつなく震わせている。

ちょっとでも油断すれば、甘い吐息をつきそうで、たまらなかった。

「ランセ殿、リーミンの強《したた》かさはご覧のとおり。これではまだ手ぬるい」

横からバラクが口を出し、ランセは片眉を上げる。

「ほお、これでもまだ手ぬるいと？　はてさて、リーミン様をよくご存じの兄上からこう言われては、もう奥の手を披露するしかないですな」

「このうえ、まだリーミンを啼かせる秘策があると？　それは楽しみなことだ」

リーミンは心底怯えながら、ふたりの話を聞いていた。

「リーミン様……なんと美しい瞳の色だ。宵の色、暁の色が、交互に現れている。もうこれで、すべてを我に委ねませんか？　身も心も我のものになってくださるなら、今日はこれ以上、苛《いじ》めたりはしません」

宥めるような言い方に、リーミンは辛うじて首を振った。

どのようなありさまになろうと、それだけはいやだ。

ランセは、やれやれといったようにため息をつく。

「その誇り高さは素晴らしい。それでこそ、アーラム一の美しさを誇ると謳われた暁の神。御身の足元にひれ伏す者を、氷のように冷たく撥《は》ねつけてこられたあなたに、心から敬意を表しますぞ。だが、我も東方の地を束ねる龍神。一度口にしたことは絶対に違えぬ。バラク殿もせっかくここにおられるのだ。リーミン様には徹底して啼いていただこう」

ランセはそう言い終えると、精悍な顔の前ですっと手を振った。

次の瞬間、広間の様子が一変する。

リーミンはむせかえるような花の匂いに包まれていた。

びくりと震えたのは、そこが一面の花園だったからだ。白く巨大な花が、何十、何百となく咲き誇っている。

リーミンの身体が横たえられていたのは、その五弁の花びらの上だった。

「しばらくの間、そこで楽しまれるがいい。リーミン様の乱れぶり、上からとくと見物させていただくゆえ」

頭上には真っ白な光が満ちていただけだ。けれども、その中にランセとバラクの巨大な姿が映っている。

「これはまた、ずいぶんと数を増やされたものだ」

「せっかくいただいた淫花ゆえ、有効に……」

リーミンは心《しん》から恐怖を感じて、ぶるりと身体を震わせた。

思わず両腕を交差させて自分の身体を抱きしめる。

だが、その些細《ささい》な動きで、白い花の群れがいっせいにざわついた。

「な……、いや、だ……」

リーミンは恐怖で目を見開いた。

これは淫花。淫気を吸って美しく咲き誇り、また自らも淫気のこごった甘い蜜をまき散らす、恐ろしい花だ。

天帝の宮殿で、この花に犯されたことがある。あの時のおぞましさと狂気に近い愉悦は、今でも忘れることができない。

こんなもので弄《もてあそ》ばれたら、今度こそ、本当に気が違ってしまうかもしれない。

リーミンは必死に視線を巡らせて、逃げ道を探した。

けれど、そんなものがあろうはずもなく、淫花の揺らめきがひどくなっただけだ。

いきなりしゅるりと何本もの雄蘂が伸びてくる。まるで触手のようにくねくねと伸びた雄蘂はいっせいにリーミンの肌に取りついた。

「ああっ、いやだ！」

過敏になった肌を這いまわっていた雄蘂が、濡れた蕾の中まで入り込んでくる。

大きく身を震わせると、今度は雌蘂《めしべ》がしゅるっと伸びて、まるで人の口のように先端を広げながら、リーミンの花芯をのみ込んだ。

「や、やめろ……っ」

リーミンは懸命に腰をよじったが、そのせいで、よけいに雌蘂の動きを助ける結果になる。

雌蘂の口は嬉しげに、リーミンがこぼした蜜をすすり始めたのだ。

「ああ、……あ、うっ」

中の雄蘂も激しく変化する。最初は細かった雄蘂が、中でぐにゅりと膨れ、狭い内壁をいっぱいに押し広げてきた。

「いやだ……あぁ、」

おぞましさで鳥肌が立ち、リーミンはしなやかな背を仰け反らせた。

雄蘂はまるでリーミンが大量の蜜をこぼすのを助けるように、絶妙に内壁を刺激してくる。

敏感な部分がすぐに見つけ出され、そこを集中してぐにゅぐにゅと揉み込むような動きを加えられた。

「あ、あぅ……あ、くっ」

中を弄《いじ》られるたびに、花芯から蜜が滴る。その蜜を雌蘂が美味《うま》そうに吸い取っていく。

ひとつの花だけではなく、他の花からも雌蘂と雄蘂が伸びてきた。

胸の尖りに吸いついたのは雌蘂で、何十本もの雄蘂が、ありとあらゆるところを這いまわる。

黄金の髪の間、口や耳の穴にも雄蘂が入り込み、さわさわとリーミンを刺激した。

「あ、ふっ」

元から淫花の蜜に犯されていたリーミンは、もはや正気を保っていられなかった。

肌をなぞられるたびに、身体の芯が疼く。後孔に入り込んで膨れ上がった雄蘂が敏感な襞を嬲り、乳首や花芯に取りついた雌蘂に、溢れた淫気を吸われた。

それをどれほどおぞましいと思っても、身体は快感として受け止める。

嬲られた肌が燃えるように熱を帯び、いつの間にか、おぞましい感触が快感を誘発する刺激となっていた。

「あ、あぁ、……あ、やぁ……っ」

過度の快楽で、頭の中が真っ白に霞んでいく。

リーミンは半開きの口からだらしなく唾液をこぼしながら、喉を嗄《か》らして嬌声を上げ続けた。

愉悦に犯された頭に、ふと浮かんだのは、颯爽《さっそう》と森を駆け抜けていく銀毛の狼の姿だ。

レアン……レアン……。

リーミンは愉悦で身体中をのたうたせながら、この世でただひとりの伴侶の名前を呼んだ。

† とらわれの身

「……リー……、リーミン……様、しっかりしてくださいませ、リーミン様……」

うるさいカーデマの声が頭の奥まで響き、リーミンはくぐもった呻きを漏らした。

「うぅ……カーデマ……おまえの声は、うるさい……頭……が、痛くなる……」

「ああ、よかった。気がつかれたのですね？」

うっすら目を開けると、カーデマは寝ている自分の枕元にいた。

薄茶色の縞模様の固まりが、無礼にも爪を立ててリーミンの頬を撫でている。

「カーデマ」

リーミンは不機嫌そのものの、呻くような声を上げた。

たったそれだけのことでひどい頭痛がして、思わず顔をしかめる。

「リーミン様？　どうされたのですか？　ご気分が悪いのですか？　でも、水晶柱は使えませんから、薬でも貰ってきましょうか？」

水晶柱が使えない？

おかしなことを言うと、リーミンは重い腕を上げて自分の額に触れた。

ない。

そこにあるはずのものが、ない。

それで、リーミンはようやく自分が置かれた状況を思い出した。

兄に騙され、ランセに裏切られ、散々な目に遭った。

裸に剝かれ、後孔を犯されたばかりか、両手を縛《いまし》められて天上から吊るされ、掌ぐらいの小さな龍にまで身体中を嬲られた。淫花の花園にも放り込まれ、そのあとまたふたりに何度も犯されたのだ。

淫花の蜜のせいで、自ら狂ったように求めさせられた。だが、あまりの淫楽で、かえって記憶に曖昧な部分があることが、不幸中の幸いだった。

兄もランセも、とことんリーミンを犯し尽くしたお陰で、最後にはこの部屋に放り出していった。次のお楽しみの時間まで、小休止を取らせようとしてのことだ。

「カーデマ、おまえはどうしてここにいる?」

リーミンがそう訊ねると、猫のカーデマはいくぶん安心したような顔を見せる。

「私を猫になさったのはリーミン様ではないですか。でも、よかった。淫花の花蜜はもう抜けたようですね。しっかりなさっておられるようなので、安心しました」

「何が安心だ。こんな時に」

リーミンはぼやくように言ったが、心の内ではずいぶん安堵《あんど》していた。

ひとりではやりきれなかったかもしれないが、カーデマはどんな状況でも笑ってやり過ごす強さと明るさを備えている。

そんな神子の前で、主たる自分が落ち込んでいるなど、矜持が許さなかった。

「リーミン様、気がつかれてすぐに申し上げるのは酷ですが、状況はかなり厳しいです」

カーデマの話に、リーミンはゆっくり上体を起こした。

陵辱の名残は消されており、薄い夜着もきちんと着せられていたが、身体が熱っぽいせいで、だるくてたまらなかった。それに少し動いただけでまた頭が割れるように痛くなって、額にうっすらと汗も浮かぶ。

「大丈夫ですか?」

リーミンの横に前肢を揃えて座り直したカーデマが、心配そうに見上げてくる。

「……大丈夫、だ……。これしきのことで……誰が……っ」

意地になったように言うと、カーデマは大きくため息をつく。

「とにかく、状況はかなり厳しいです」

「水晶柱は?」

「最初にいらした広間、あそこの隅に放り出してあります」

「念じても動かなかった。あの籠自体が封印されているのか?」

リーミンが問うと、カーデマはこくんと頷く。

「どうも、天帝の宮殿でよく見かけていた封印とは、違うようなんです。なんか不気味な黒い煙みたいなのが立ち上ってて……。籠を卓子から落としてやったんですが、水晶柱は籠に貼りついたみたいに動きませんでした」

「ランセの〝力〟か……いったい、どういう種類のものだ……」

アーラムの諸神は額に水晶柱を宿し、それを媒介して〝力〟を発動する。

だが、東方の神々は、水晶柱を必要としないのだろう。

ランセは青龍に変化するという。だとすれば、ランセも獣神といわれる者たちと同じで、固有の〝力〟を持っているのかもしれない。

しかし、そんな考察は、今はどうでもいい。

問題はただひとつ。どうやって、ここを抜け出すかだ。

「カーデマ。状況が厳しいと言ったが、宮殿内のことは把握したのか?」

リーミンは当然のことのように訊ねた。

「もう……。ぼくを猫にしておいて、宮殿内を把握したかって……」

カーデマはうんざりしたような声で抗議するが、リーミンは取り合わなかった。

「それで、どうだった?」

重ねて訊ねると、カーデマはすぐに気分を変えて状況を説明した。

「水晶柱の封印をどうやって解くかもそうですが、宮殿の構造も思った以上に複雑で、どこに抜け穴があるか、わかりません。この建物以外にも、白龍やら紅龍、それに虎とか牛とか、大物が棲んでいる宮殿がいくつかあるんです。どうやら互いに牽制《けんせい》し合っているみたいで、その分、警戒が厳しいって感じです」

「八方塞がりか……。で、兄上の軍は？」

「それはまだ麓のようです。龍神はまだ全面的にバラク様を信用していないのではないでしょうか」

カーデマの意見に、リーミンは黙って頷いた。

人を平気で裏切るような者たちだ。仲間といえど、信用はできないのだろう。

「もう少し、様子を見るしかないか……」

リーミンが諦め気味に言うと、カーデマは小さな前肢を、ちょんとリーミンの手に重ねた。

「リーミン様は本当に大丈夫なのですか？」

まともに訊ねられ、リーミンは思わず動揺した。

自分が召し使っている神子に、弱音を吐くなどあり得ないが、兄とランセに陵辱されたことは、思った以上にこたえていた。

これも、自分の不注意が招いた結果だ。〝力〟があると過信していたから、ころりと騙され、今はまんまととらわれの身。

こんなことなら、レアンのそばを離れるのではなかったと、死ぬほど後悔しても遅かった。

何よりも、このことを知ったら、レアンはどれほど自分自身を責めるかわからない。何も悪くないのに、レアンは全部自分のせいだと思うに違いなかった。

レアンを悲しませ、苦しませると思ったら、リーミンも身を切られるようにつらかった。

欲望にまみれ、嬌声を上げていた自分が心底疎《うと》ましく、あんなやり方をされるぐらいなら、いっそのこと命を奪ってくれたほうがましだとも思えるぐらいだった。

レアンが、自分だけのものだと愛でてくれていた身体なのに、他の男にいいように弄ばれたのだ。

拘束されていたから……。淫花を使われたから……。

そんな言い訳はなんの役にも立たなかった。

「リーミン様？」

黙り込んだリーミンに、カーデマがまた心配そうな目を向けてくる。

「あ、ああ、大丈夫だ……。ここを抜け出せたら、兄上もランセも、この手で始末してやる」

強気に宣言すると、カーデマはほっとしたように息をついた。

だが、次の瞬間だった。

カーデマがいきなりぶわっと長い尾を膨らませる。

薄茶の毛も逆立って、三角の耳がぺたりと後ろに折れ曲がった。

「カーデマ？」

「しっ、リーミン様。誰か、この部屋に誰かいます」

カーデマは押し殺した声を発した。

そして、毛を逆立てたまま、ぐるりとあたりを睥睨《へいげい》する。

リーミンも神経を研ぎ澄ませてみたが、なんの気配も感じられない。

息を殺していると、コツコツと、何者かが玻璃の窓を叩く音がする。

「！」

カーデマはぴょんと寝台から跳躍して、玻璃の窓をにらみつけた。頭を低くして尻を上げる、独特の戦闘態勢だ。

が、カーデマはすぐに警戒を解いて、振り返った。

「リーミン様、すみません。お動きになれるようでしたら、あの窓を開けていただけますか？　今のぼくでは力がなくて、開けられません」

「窓を開けろだと？」

リーミンは不思議に思いながらも、寝台から足を下ろした。

床に両足をつくと、均衡《きんこう》を保っていられなくて、ふらついてしまう。しかし、懸命に力を入れて窓まで歩いた。

「これは……なんだ？」

窓に張りついていたのは、細く伸びた蔦だった。あまりに細いため、風が吹くたびに折れそうになっている。

宮殿は高山の上。窓の外、遥か下に雲の固まりが浮かんでいる。

そして細い蔦は、その雲海の下から伸びてきているようだった。

リーミンは力を振り絞って重い窓を押し開けた。ほんの少し隙間ができただけで、強い風が吹き込んでくる。

「あっ」

声を上げたのは、風とともに中に飛び込んできたものがあったからだ。

風に吹き飛ばされたかに見えたものは、小さな白い蝶だった。ひらひらと優雅に舞って、リーミンの肩、首筋に近いあたりに止まる。

「これは……もしや……」

リーミンはそう言いかけたまま、金色の目を見開いた。

蝶はリーミンに止まり、しきりに何かを伝えようとしていた。

もしかすると、これはレアンの森から飛んできたのではないだろうか？

林檎の木のそばに黄色の花がいっぱい咲いていて、これと同じような白い蝶が舞っていた。

だが、残念なことに、物言わぬ蝶では確かめようがなかった。

しかし、カーデマが近づいてきてその蝶に話しかける。

「今のぼくなら、君の話がわかるよ？」

リーミンは半信半疑だったが、蝶はリーミンの肩からカーデマの耳の先へと飛んでいく。

白い蝶は盛んに何かを訴えているようで、カーデマが、うんうんと頷いている。

虫と猫でも同じ生き物の仲間ということだろうか。そして、カーデマはしばらくして満面の笑みを浮かべたのだ。

「リーミン様、レアン様が助けに来てくださるそうです」

「何……っ？」

あまりの驚きで、リーミンはそれきり絶句した。

信じたいけれど、信じられない。

あの森にいる蝶なら、操ることは簡単だろう。それでも、レアン自身が自分を助けにここまで来るのは難しい。

それに、万一のことを考えれば、決して無茶はしてほしくなかった。

だがカーデマはすごい喜びようで、我慢できずにぴょんぴょん飛び跳ねている。

「カーデマ。何がどうなっている？」

「レアン様です。レアン様が来てくださる！」

「それは無理だ！」

思わず叫んだリーミンに、カーデマはようやく興奮状態から脱したように歩み寄ってきた。

「レアン様は、無事に水晶柱を手に入れられたとのこと」

「それは、本当か？」

たたみかけたリーミンに、カーデマはこくんと頷く。

「その蝶々が言ってました。レアン様、信じられないくらいにお強くなられたそうです」

あの母が、レアンに水晶柱を渡した？　いったい、どういう手を使ったのだ？　まさか、愚直に返してくれと懇願《こんがん》し続けただけで、あの母がその気になったとでも？

にわかには信じられず、リーミンはゆるく首を振った。

しかし、すぐに恐ろしい現実に気づいて蒼白になる。

「でも、ひとりでは無理だ。危ない。ここには、兄上もランセも、それに他の神だって大勢いる……レアンを止めなくては……っ。カーデマ……おまえ、その蝶に話ができるなら、レアンを止めるように、言ってやってくれ」

「リーミン様？」

カーデマが不思議そうな声を上げたのは、リーミンの目にいっぱい涙が溜まっていたからだろう。

嬉しさと不安、それに恋しさと絶望……あらゆる感情が一時に噴き出してきたようで、涙も止まらなくなっていた。

「リーミン様、リーミン様……もう泣かないでください。レアン様が助けに来てくださるんですから」

「だから、カーデマ。レアンを止めろ！　頼むから、ここには来させるな！」

リーミンは床にぺたりと両膝をついて懇願した。

なんとか言うことを聞かせようと、カーデマを両手で抱き上げる。

カーデマはびっくりしたように、また尻尾《しっぽ》を膨らませたが、涙をこぼしている主を懸命に宥めた。

「落ち着いてください、リーミン様。レアン様からの指示、全部お伝えしますから」

「レアンからの指示？」

「はい。次は鳥が来るそうですよ」

「鳥？」

なんのことか想像もつかず、リーミンは首を傾げた。激情はいくぶん収まって、本格的に床に座り込む。そして、カーデマを自分の膝の上に下ろした。

主の膝の上で、カーデマはきちんと座り込み、再び話を続ける。

「レアン様がいきなり結界を破っては、宮殿中の者に気づかれてしまう。でも、草や虫、鳥みたいなものなら、いくらでも結界をくぐってこられるみたいです。レアン様、他にもいろんな虫とか草の蔓とかを忍び込ませておられるので、宮殿内の様子も把握していらっしゃるようです」

リーミンは想像もつかない話にふうっと深く息をついた。

さすがに森の神というべきなのか、それともレアン自身の慎重な性格ゆえか、強大な〝力〟を得たらしいのに、こんな細かなところから攻めてくるとは、信じられなかった。

「では、本当にレアンは大丈夫なのだな?」

「はい、そうみたいです。隙を見て、鳥を寄こすから、それでここから脱出してくれと、そんなご指示でした」

「そうか……」

説明を終えたカーデマに、リーミンは再び深いため息をこぼした。

†

レアンが助けに来る。

そうわかってからも、リーミンの不安はなかなか晴れなかった。

今すぐ来てくれるなら、誰にも気づかれずに済む。しかし時間がかかるようなら、別の心配もあった。

ランセとバラクが与えたのは単なる休息の時間だった。いつこの部屋から連れ出され、新たな屈辱を味わわされるか、わかったものではない。

もし、自分がこの部屋にいなければ、レアンはどうするだろうか?

陵辱から解放されるまで、じっと大人しく待っていてくれればいいが、レアンのことだ。怒りに駆られて無茶をするかもしれない。

様々な思いが頭を巡り、じりじりと落ち着かない。

そして、こういう時に限って、いやなほうの予感が的中する。

「リーミン、いるか？」

そう言って、いきなり扉を開けて顔を覗かせたのは、バラクだった。

リーミンは視線だけで兄を殺せるものならと、宵の色に変わった目でじっとにらみつけた。

「そう警戒するな」

軍装姿のバラクはそう言って、ずいっと室内に踏み込んでくる。

「あれだけのことをしておいて、よくもそんなことが」

リーミンはじりじりと後退した。

悔しいが、今の自分には〝力〟がなく、兄を撥ねつけるだけの覇気もない。

これしきのこと、なんでもないと言い聞かせたかったが、陵辱された身体はリーミンの意思とは関係なく、怯えを見せてしまう。

「私が怖いのか？　誇り高い暁の美神ともあろう者が、いいざまだな、くくくっ」

バラクは酷薄な笑みを見せながら、間を詰めてくる。

そして、いきなりリーミンの手をつかんで、ぐいっと自分のほうに引き寄せた。

恐怖を感じ、ぶるりと震えてしまうのは、止めようがない。

「……許さない……あなたのことは絶対に、許さない……っ」

リーミンは震える声でそう言うのが精一杯だった。

バラクはリーミンを屈服させたことで気をよくしたのか、にやりと笑みを深める。

そして、想像もしなかったことをリーミンに告げた。

「いいか、よく聞け。間もなく、父上とイサールがここまで攻め寄せてくる」

「！」

「これから起きることを、おまえには事前に知らせてやろうと思い、ここに来た。この宮殿は落ちる。だが、心配するな。おまえは必ず助け出してやる」

「……どういう、ことですか？」

リーミンは兄の言葉に不審を覚え、掠れた声で訊ね返した。

間近で覗き込む緑の目が、いやな記憶を運んでくる。この男にされた数々の屈辱的な行為。それをいくら頭から追い出そうとしても、この緑の目を見ただけで、無駄な努力に終わってしまう。

「俺が父上を裏切ると言ったのは、敵を油断させるための方便だ」

「では、ランセを裏切ると？」

「当たり前だ。ここは半神の巣窟《そうくつ》。龍だの虎だの蛇だの、そんなおぞましい本性の者が神を名乗るなど許しておけるか。幸い、おまえの色香に迷って、ランセは油断している。まさか、おまえを一緒に抱いた私が、己の寝首を掻くことになろうとは、想像さえしていないだろう」

どこまでも自分勝手な兄に、リーミンはゆるく頭を振った。

父にしても兄にしても、理屈は通じない。この世で正しいのは自分たちだけだと思い込んでいる。

レアンを裏切ったランセが、今度は兄に裏切られる。

そのこと自体に痛痒《つうよう》は感じないが、汚ない兄のやり口には嫌悪しか湧かなかった。

「どうしたリーミン？　信じられないか？　おまえを助け出してやるというのは本気だぞ？　ここにこうして、おまえの水晶柱も持ってきた」

バラクはそう言って、どこからともなく、リーミンの水晶柱を出してみせる。

「か、返せ！　それを返せ！」

リーミンはとっさに、兄につかみかかった。

だが、すんでのところでぐいっと手をつかまれて、引き寄せられる。

水晶柱はその一瞬の隙に、消え去っていた。

バラクはにやりと笑い、リーミンの耳に口を当てて、嘲るように囁いた。

「おまえは連れて帰る。父上もイサールも、おまえの味が忘れられないそうだ」

「なん、てことを……っ」

リーミンは悔しさで、唇を噛みしめた。

「しばらく大人しくしていれば、迎えに来てやる。こんな品のない場所ではなく、我らの宮殿に戻ったら、また存分に可愛がってやろう」

「そんなことはさせない！　またあなたや父上に犯されるくらいなら、死んだほうがましだ！」

湧き上がる怒りを抑えきれず、リーミンは血を吐くような思いで叫んだ。

しかし、バラクは余裕の笑みを浮かべているだけだ。

「そんなことをしてみろ。おまえが大事にしている、狼の森を焼き尽くすぞ。いい機会だから、私の雷撃で、あの獣も一緒に焼き殺してやるか」

「許さないっ！　絶対に、許さないっ！」

どんなに叫んだところで、ここでの主導権がどちらにあるかは、はっきりしていた。

水晶柱を取り上げられたリーミンは、最初から力など持たない下界の人間に等しい存在でしかなかったのだ。

「まあ、楽しみに待っていろ」

バラクはそんな捨て台詞を残して、部屋から出ていく。

リーミンはひとり呆然とその場に残されただけだ。

部屋の隅でカーデマが痛ましそうな目で見ていたが、なんの慰めにもならなかった。

リーミンはゆっくり窓辺へと歩み寄った。

外には、ランセが自慢していた美しい景色が広がっている。

眼下に広がる白い雲。そこに浮かぶように重なり合っている峻厳《しゅんげん》な山並み。それをすべて包み込む蒼穹《そうきゅう》……。

だが、どんな景色だろうと、今のリーミンにはなんの感動もなかった。

気になるのはレアンのことだけだった。

いくら水晶柱を手に入れても、ここは危険極まりない場所だ。

助けに来てくれるとの気持ちは嬉しいが、レアン自身が傷つけば、自分だって平静ではいられない。

こんな状況に追い込まれたからこそ、改めて思い知らされる。

自分がどれほど、あの銀色狼に依存していたかということに……。

恋とか愛とか、そんな感情はいまだに理解できていない。

それでも、レアンが大切で、失いたくないとの切迫した気持ちがあることだけは確かだ。

レアン、絶対に無理はするな。

リーミンは心の中で何度もそう呼びかけながら、透きとおった玻璃の向こうに広がる空をいつまでも眺めていた。

† 再会

龍神ランセの宮殿は、不穏な喧噪《けんそう》に包まれていた。

天帝軍が襲ってくるとの情報が入ったためだろう。常よりも厳しい警戒態勢が敷かれたらしく、宮殿内の空気がピリピリしている。

リーミンは不安な面持ちで、レアンからの遣いを待ちわびていた。

長衣の裾を翻《ひるがえ》し、部屋の中を歩きまわる。

こんなに警戒が厳しくなったのに、鳥は本当にやってこられるのだろうか。

天帝軍との戦いが始まってしまえば、いくら空を飛ぶ鳥でも、様々な攻撃を防ぎきれない。

それに、レアンが何か危険なことをしでかさないかも心配だった。

じりじりと待ち続け、もう緊張に耐えられないと弱音を吐きそうになった時だ。

突然猫のカーデマが毛を逆立てて頓狂《とんきょう》な声を上げる。

「カッカカッ……ケッケッケッ」

「なんだ、カーデマ、今の声は？」

「カッカカッ……、ああ、すみません。つい……。えっと、と、鳥です！　リーミン様、鳥がいっぱい！」

「ど、どこだ？」

リーミンも思わず空の彼方へ目を凝らす。

するとたくさんの鳥が、みんなで協力して何かを運びながら、こちらへ向かってくるのが目についた。

何十羽もの白い羽を持った鳥たちだ。そして、鳥たちはそれぞれの嘴《くちばし》で細い綱を咥えている。

固まって飛翔する鳥がぶら下げて運んでいたのは、大きな籠だった。

「レアン！」

リーミンは思いがけない姿を目にして叫んだ。

その籠に乗っているのは、一匹の狼。銀毛を風になびかせたレアンだった。

「レアン様？」

カーデマも驚いて叫ぶ中、リーミンは無我夢中で玻璃の窓を押し開けた。

どっと強い風が吹き込んで、思わず目を眇めた瞬間、銀色の固まりが室内に飛び込んでくる。

「リーミン様！」

懐かしい声が響いた刹那、リーミンは、人形《ひとがた》へと変化したレアンにしっかりと抱きしめられていた。

「レアン？　レアン？」

リーミンは涙を溢れさせせながら、逞しいレアンに縋りついた。

本物かどうか確かめたくて、両手を伸ばしてレアンの頬を包み込む。

「リーミン様」

苦しげに呻いたレアンはさらに強くリーミンを抱きしめ、次の瞬間には激しく口づけられる。

「んっ……ふ、くっ」

リーミンとレアンは夢中で舌を絡め合って、互いの存在を確かめた。

レアンはいつも、口づけひとつで自分を熱くする。こんなふうに甘く蕩けるような口づけをくれるのは、レアンだけだ。

けれども、事態は差し迫っており、再会できた喜びをゆっくり味わっている暇はない。

レアンは抱きしめていた腕の力をゆるめると、リーミンを窓のほうへ誘った。

窓の外では何十羽もの鳥たちが、籠をしっかり窓にくっつけるように、強風の中、懸命に絶妙の飛び方でたゆたっている。

一羽はせいぜい両手をふたつ、縦に合わせた程度の大きさだが、皆で力を合わせて籠を吊っていた。

「これは？」

「森から呼び寄せました」

「森からって、ここまでずいぶん遠いだろう」

「森に棲む者たちは、リーミン様が守ってくださったと、すごく感謝しております。だから、できることがあるなら、手伝いたいと」

「そうか……」

呆れたように呟くと、籠に続く綱を咥えた鳥たちが、いっせいにリーミンに感謝の気持ちを伝えるように、嬉しげに翼を羽ばたかせる。

「さあ、早くこれに乗って逃げてください」

レアンはそう言って、リーミンが窓から籠へ移るのを手助けする。

無事に籠に乗り移ると、レアンはカーデマを振り返った。

「おまえも一緒に行け。リーミン様を頼むぞ」

レアンはそう言うと同時に、小さく〝力〟を発動させた。

猫だったカーデマが、一瞬にして少年の姿へと戻る。そしてカーデマは敏捷《びんしょう》に籠へ乗り移っていった。

「レアン、おまえは?」

籠はふたり乗っただけでいっぱいだ。

不安な声に応えるように、レアンはにっこりと微笑んだ。

「俺なら大丈夫です。すぐに追いかけますから」

「危ないことをしようというのではないな？」

「大丈夫です。本当は正面から堂々と結界を破って、ランセと対決したかったのですが」

「馬鹿なことを言うな！」

リーミンは我知らず大きな声を出した。

「リーミン様、どうか、ご心配なく。無謀なことはしませんから。ただ……リーミン様の水晶柱の在り処だけは探っておかないと」

レアンの言葉に、リーミンは夢中で首を左右に振った。

「いらない！　水晶柱は兄上が持っていった。だから、もうあんなもの、放っておいていい！　いらないいから！」

レアンを危険な目に遭わせるくらいなら、本当に水晶柱などいらなかった。

レアンの命に代えられるものなど、何もなかったからだ。

「大丈夫です、リーミン様。無理はしません。俺を信じて……。あなたを愛している。だから、必ずあなたの元へ戻ります」

レアンは宥めるように言いながら、手を伸ばしてくる。

そうして、子供を相手にするように、リーミンの頭を撫でた。

「さあ、もう行け、おまえたち！　リーミン様を頼んだぞ」

レアンが命じると同時に、鳥たちがいっせいに羽ばたき始める。

籠がゆっくり窓辺を離れ、レアンの手も頭から離れていく。

レアンが最後に触れたのは、風で流された金色の髪の先だった。

「いやだ、レアン！　やっぱり一緒じゃなきゃ、いやだ！　おまえが行かないなら、私もここに残る！」

リーミンは籠から身を乗り出し、必死に叫んだ。

だが、見る見るうちにレアンの姿が小さくなり、悲痛な声は風に紛れ、消え去ってしまうだけだった。

†

リーミンを見送ったレアンは、堂々と龍神の宮殿内を歩いた。

ランセの気配をたどって徐々に奥へと足を運ぶ。

天帝の率いる軍が間近に迫っているのは確認済みだ。その迎撃準備に追われているのか、途中で咎める者は誰もいなかった。

奥の部屋までやってきたレアンは、ギギギと音を立てて重い扉を押し開いた。

広い部屋の中央に、紺色の鎧をつけ、腰に大剣を佩いた長身の男が立っている。長い黒髪を背中に流した男は、圧倒的な覇気を放っていた。

レアンは無言でその男、ランセに近づいた。

レアンのほうは、いつもどおりの短めの上衣に、動きやすさのみ重視した黒の脚衣。腰に細い革ベルトを巻き、そこに飾りの少ない長剣を無造作に差している。

出で立ちの重厚さには恐ろしく差があった。しかし、今のレアンにはまったく臆するところがなかった。

剣で勝負をつけるなら、あと二歩で互いの間合いに入る。

そこまで近づいた時、ランセが静かに声をかけてきた。

「レアンか……。戻られたのか？」

戻られたのかとは、リーミンを脱出させたことを言っているのだろう。

「ああ、リーミン様は、無事に助け出した」

レアンは顔色ひとつ変えず、淡々と告げた。

ランセはおかしげに口元をゆるめる。

「見違えるようだな、レアン。それも、水晶柱の〝力〟か……。湖の女神はかなり気難しい方だと聞いている。いったい、どういう手を使ったのだ？」

「俺はくだらない話をしに来たのではない」

饒舌《じょうぜつ》なランセを、レアンはにべもなく遮った。

「そうか……なら、この場で我との勝負を望むか？」

ランセはそう言ったと同時、高い天井を突き破らんばかりに巨大化した。そしてランセの外殻《がいかく》が霧《きり》のように揺らぎ、中から青い龍が出現する。

レアンは瞬時に後ろに飛び退いて、巨大な龍との間合いを確保した。そして、次の瞬間には、自らも銀色の巨大な狼へと変化する。

「ほお、いい反応だな。それも水晶柱の〝力〟か」

ランセが揶揄《やゆ》するように言ったのは、レアンの身に満ちている〝力〟が、以前とは比べものにならなかったからだ。

そう言うランセも青龍となって、恐ろしいほどの〝力〟をあたりに発している。

以前のレアンなら、その〝気〟に当てられただけで、悶絶していたかもしれない。

だが、今のレアンには絶対に負けられない理由がある。

大切な伴侶を傷つけられて、許しておくわけにはいかなかった。

巨大な青龍と巨大な銀狼のにらみ合いは、長い間続いた。

おそらく実力のほどは互角。以前はまったく敵わなかった相手だが、今の実力は極めて拮《きっ》抗《こう》していた。

しばらくして、青龍が腹に響くような声を出す。

「で、どうする？　今すぐ、ここで決着をつけるか？」

「それは、あなた次第だ」

「ほお、それはどういう意味だ？」

「俺はあなたを許すつもりはない。あなたがリーミン様に与えた屈辱を思えば、今すぐこの場であなたを滅したとしても怒りが収まらぬ。だが、決着をつけるのは、今でなくともいい。途中で邪魔が入るのも避けたいからな」

「天帝軍のことか？」

訊ねられて、レアンはゆっくり頷いた。

「バラクはあなたを裏切る。東方軍の後背を突くつもりだ」

「ああ、そのつもりだろうな」

レアンの指摘にもランセは動じたふうを見せない。

「何もかもわかっていて、バラクの口車に乗ったのか？　何故だ？」

むなしい問いだと知っていても、訊かずにいられなかった。

「わからないか？」

「ああ、わからない」

「おまえが羨ましかった。……リーミン様にひと目惚れした。それだけのことだ」

答えを聞いて、レアンは再び怒りが噴き上げてくるのを自覚した。

ひと目惚れしたと言いながら、リーミンの意思を無視してバラクとともに陵辱する。

そんな男の心境は、まったく理解できなかった。

「聞くだけ、無駄、だったな」

冷ややかに言い切ると、ランセはすっと視線をそらす。

「今すぐ決着をつけないと言うなら、もう行ってくれ」

ランセはそう口にして、青龍の変化を解いた。

元どおり華美な軍装に身を包んだ姿となりながら、レアンに背を向ける。

無防備に背中をさらしたのは、この場でやられても文句はないとの意思表示なのか。

しかし、そんな態度を目にしても、レアンの怒りが消えるわけではない。

ランセは触れてはならないものに手を出した。

信頼していた相手を、こっぴどく裏切ったのだ。

「ひとつだけ訊く。俺の〝力〟は必要か？」

「おまえの〝力〟？」

「あなたを許す気はないが、俺はまだ、以前助けてもらった時の借りを返していない。東方軍のためになら、戦ってもいいが」

ランセは驚いたように振り返った。

「おまえは面白いやつだな。借りを返すために、我とともに戦うと言うか……」

「あなたを許すとは言っていない。それにバラクと天帝は、俺にとっても仇敵《きゅうてき》だ」

硬い表情を保ったままで言うと、ランセはくくくっと笑いだした。

「いいだろう。力を貸してくれ。この戦が終わり、決着をつける気になったら、いつでも言ってくれ。ただし、おまえを徹底的に叩き潰して、リーミン様を我が手に収める。そういう結果になっても文句を言うなよ」

磊落に言ってのけたランセに、狼のレアンは渋い顔になった。

この男とは、反りが合わない。

リーミンのことがなければ、もしやとも思ったが、まともに友誼《ゆうぎ》を結べる相手とはならないようだ。

†

レアンがランセの部屋を出て間もなく、東方軍は天帝軍と激しい戦闘に入った。

神々がその〝力〟を出し尽くして戦うのだ。

空には恐ろしい雷鳴が轟《とどろ》き、山が崩れ、大地が裂ける。

戦いは七日の間、休みなしに続いた。

バラク軍の接近を許した東方軍は、劣勢を余儀なくされていたが、新たに加わったひとりの半神が、恐ろしいほどの働きを見せて、バラク軍を押し戻した。

巨大な銀色狼の姿で、次々とバラク軍に属する神々を屠《ほふ》っていったのはレアンだった。本来の力強さに加え、新たに手に入れた水晶柱の〝力〟が、レアンを圧倒的に強くしていた。本来、アーラムの諸神と半神にすぎないレアンの力には、大きな隔たりがあったはずなのに、母親が遺した水晶柱と、伴侶であるリーミンへの想いが、その差を埋めたのだ。

勢いを得た東方軍は、徐々に劣勢を挽回《ばんかい》し、徹底して天帝軍を屠っていく。

そしてレアンは七日の間、不眠で戦い続け、最後にとうとうバラク自身と対峙《たいじ》した。

「リーミン様を傷つけたあなたを許さない。リーミン様の水晶柱も返してもらおう」

数々の雷撃や劫火《ごうか》、嵐のような突風と叩きつける豪雨。山は崩れ、大地には無残な裂け目が生じている。

焼き尽くされた地に、威風堂々《いふうどうどう》と立つ雷撃の神に、巨大狼のレアンは一歩も退かずに向き合った。

白銀の甲冑《かっちゅう》を煌めかせながら、高慢な神が哄笑《こうしょう》する。

「獣の分際で、ずいぶんと舐めたことを言ってくれる。見れば、水晶柱を手に入れた様子。獣のおまえに、それを使いこなせるのか？　身体を大きく見せるのがせいぜいだろう。雷撃を食らって死にたくなければ、この場から尻尾を巻いて逃げるがいい」

「言いたいことはそれだけですか？　俺は逃げる気などない。リーミン様の水晶柱を取り戻し、あなたという危険な存在をこの地から排除する。それだけだ」

レアンは太い四肢で大地を踏みしめ、怒りに燃える青い目を、光り輝く神に向けた。

「ふん、こざかしい。リーミンの水晶柱を手に入れたくば、私を倒してみせるがいい。できるわけもないだろうがな。獣よ、リーミンはいずれ取り戻す。あれは我らのもの。嬲りがいのある玩具《おもちゃ》だからな」

レアンはかっと怒りに駆られた。

びゅうびゅうと吹きつける強風が、びっしり身体を覆った銀毛を逆立たせる。

「許さない！」

そう叫んだ瞬間、天から雷撃が突き刺さってきた。

とっさに身を躱《かわ》したレアンの銀毛の先が、雷撃の熱で焼け焦げる。

攻撃は息つく暇《いとま》もなく、次々とレアンを襲った。

「ウオォォォォ――――ッ！」

あたりをびりびり揺らがせるほどの咆吼を放ち、レアンは力強く大地を蹴った。

天から降り注ぐ雷撃を躱しながら、バラクを目がけ、まっしぐらに駆けた。

長剣を振り回すバラクの足に、レアンは深々と鋭い牙を立てた。

「貴様！　何をするっ？」

リーミンを傷つけた者は絶対に許さない。

怒りで炙《あぶ》られたレアンは、長剣の攻撃をものともせずに、バラクに食らいついていた。

「ガウゥッ！」

「き、貴様！　獣の分際で、無礼者！　放せ！」

バラクがいくら喚《わめ》こうと、放すつもりはない。長剣で身を貫かれるならそれでもいい。相打ちとなっても、バラクだけは咬《か》み殺す。

レアンは執念で牙を立て続けた。

「くそっ！　放せっ！　貴様の狙いはこれだろう？　欲しくば取りに行け！」

叫んだバラクが、大きく身をよじる。

はっと思った時、バラクは煌めく何かを手にして、遥か遠くを目がけて投げやった。

ゆるく弧《こ》を描いて落ちていったのは、リーミンの水晶柱だった。

選択の余地はない。

レアンは仕方なく、バラクの足から牙を抜いた。

「ガウゥッ！」

あたりに大きく鳴り響く咆吼を上げながら、レアンは疾駆した。

その後間もなく、あちこちで行われていた戦いが終わりを告げる。

天帝、バラクの両軍、そして青龍が指揮する東方軍は、粛々《しゆくしゆく》と兵を退いたのだ。

†

リーミンは毎日じりじりしながら、レアンの帰りを待っていた。

水晶柱を失った身でも、天帝軍と東方の神々が、激しい戦いをくり広げている気配は感じ取れる。

しかし、目の前に広がるのは、瑞々しい緑に覆われた平和な森だった。

不安なのは、レアンが戦いに巻き込まれているかもしれないことだ。

鳥が運んだ籠に乗って森に帰されたリーミンには、あのあと何が起きたのか知りようがなかった。ただ、レアンが最後に残した言葉を信じて、待っているしかなかったのだ。

レアンは必ず帰ってくると約束した。だから、絶対無事に戻ってくる。

リーミンはそう信じていたが、それでも、いつ戻るかわからぬ相手を待つのは、けっこうつらかった。

館の中にいては落ち着かない。

なので、森の中を歩きまわることが多くなっていた。

水晶柱を失ったので、一瞬で移動するというわけにはいかなかったが、自分の足で一歩一歩大地を踏みしめて歩くのもそう悪くはない。

それに水晶柱でなくとも、ごく普通の宝玉があれば、少しぐらいの〝力〟は使える。

ゆえに、〝力〟の源を失った一件では、さほど落ち込むこともなかった。

そしてリーミンが何度となく足を向けてしまうのは、あの林檎の樹がある草地だった。

赤く熟した実を最初に見つけてから、もうだいぶ日が経ってしまった。

できればレアンと一緒に、また林檎が食べたいと思っていたが、帰ってくるまで実が保つかどうか、あやしい限りだ。

熟した果樹は鳥たちのかっこうの餌となる。しかし、この林檎の樹だけは例外で、裏で何やら約定でも結んでいるかのように、誰も手を出そうとしない。まるで、この樹はレアンの専用だと、札でも立てられているのではないかと思うほどだ。

だから、鳥に食べられてしまう心配はないのだが、熟しすぎた実はすぐ地に落ちてしまう。

リーミンは林檎の樹の下に佇《たたず》み、ずっと上のほうにある枝に目を凝らした。

「大丈夫だ。まだ、あそこに残っている……」

そう、何気なく呟いた時、ふいにあたりの木々がさわさわとざわめく。

何かあったのかと振り向こうとした瞬間だった。リーミンは背中から逞しい腕で抱きしめられていた。

「リーミン様……」

「……レア、ン……?」

「ようやくあなたをこの腕で抱くことができた」

レアンはため息をつくように言うが、リーミンは腕の中で懸命にもがいた。

背中から抱かれているのでは顔が見えない。なのに、レアンの腕の力はまったくゆるまないのだ。

「レアン、放して！」

抗議の声を上げた刹那、レアンの腕がゆるむ。

リーミンは素早く向きを変え、今度は自分のほうから思いきりレアンに抱きついた。

「遅い！　七日も何をしていた？　わ、私はおまえを待って……待っ……て、いた……のに……っ」

問い質す声が、最後のほうは掠れてしまう。

自然と溢れてきた涙で、嗚咽《おえつ》が止まらなくなった。

「申し訳ありません、リーミン様」

レアンは何度も謝りながら、抱きしめてくる。

リーミンは優しく髪を撫でる感触に満足を覚えながらも、ずっと泣き続けていた。

暁の美神と呼ばれた身が、矜持も何もなく、まるで子供のように泣きじゃくっている。

その姿を脳裏に思い描いた時、ようやく嗚咽を堪えることができた。

「リーミン様、遅くなりましたが、水晶柱は取り返してきました。どうぞ」

レアンはリーミンが落ち着いたと見て、懐の中から輝く水晶柱を取り出す。

「これを、取り戻したのか……」

リーミンは喘ぐように訊ね返した。

そうしている間にも、水晶柱はきちんと主を認め、レアンの手からふわりと浮き上がっていく。

リーミンのなめらかな額に吸い込まれるまで、さほど時間はかからなかった。

長年馴染んだものが戻り、薄く膜がかかっているようだった世界が、急に明瞭になる。

しかし、リーミンの口から出たのは、やっぱりレアンを咎める言葉だった。

「危ない真似をしたのだろう？　私はもう放っておけと言ったのに」

水晶柱を持ち去ったのは兄のバラクだ。その兄から水晶柱を取り戻すのが、どれほど危険を伴うか……。だから、どうしてもレアンを咎めずにはいられなかった。

「バラク殿は、東方軍の後背に陣取っておられて、衝突は避けられませんでした。ですが、俺の〝力〟が及ばず、バラク殿を取り逃がしてしまいました」

「取り逃がした、だと？」

驚きの声を上げたリーミンに、レアンは情けなさそうな顔で答える。

「はい、申し訳ありません。リーミン様への仕打ち、許しておけないと思い、絶対に叩きのめしてやろうと思ったのですが……」

リーミンは呆れたあまり、しばらくは声も出なかった。

あの兄を、叩きのめす？

いくらレアンが水晶柱を扱えるようになったとしても、簡単なことではない。

リーミンはまじまじと己の番《つがい》を見つめながら、短く続きを促した。

「それで？」

「はい、もう少しというところまではいったのですが、リーミン様の水晶柱を遠くに放り投げられてしまい、つい、それを追うのに夢中になって……」

「つまり、おまえがこれを取り戻そうと夢中になっている間に、兄上はまんまと逃げてしまった。そういうことか？」

リーミンは自分の額を指さしながら、レアンを問い詰めた。

ばつが悪そうな顔になったレアンに、リーミンは大きくため息をついた。

「おまえは馬鹿だ、レアン。兄上にひとりで向かっていくなど、信じられない馬鹿だ。私には無茶をしないと言ったくせに……」

「本当に、すみません」

「兄上の雷撃は天帝軍でも一、二を争うほどなのだぞ？　無事だったからいいようなものの、もしものことがあったら、どうする気だった？」

そんなふうに責め立てながら、リーミンの目にはまた涙が溢れてきた。

「リーミン様、俺が悪かったです。許してください。だから、どうか泣かないで……」

慌てて抱きしめてくるレアンに、リーミンは泣き笑いの顔を見せた。

すっかり泣き癖がついてしまったようで、自分でもおかしくなったのだ。

リーミンは自分の手で涙を拭ってから、頭上を指さした。

「レアン、あの林檎、取って」

「林檎、ですか?」

「うん、おまえと一緒に食べたい」

「わかりました」

レアンはそう言って、いったんリーミンから離れた。

そして、反動をつけるように、だっと林檎の樹に向かって走りだす。最後の一歩で林檎の幹を蹴り、次の瞬間、さっと手を伸ばして赤く熟した実をふたつもぎ取った。

「俺も、リーミン様にこの林檎を食べてもらいたいと思ってました。さあ、どうぞ」

差し出された赤い実を、リーミンは両手で受け取る。

自分では手が届かなかった場所に生っていた林檎の実。

それが今は手の中にある。

些細なことに嬉しさを感じて、リーミンは微笑んだ。

そして、林檎の実にサクッと白い歯を立てる。

甘酸っぱい味に、思わずまた頬がゆるむ。

リーミンはささやかな幸せに胸を熱くしながら、自然とその場に座り込んでいた。

「長衣が汚れてしまいます。すぐに椅子を用意して」

「いいのだ、このままで」

リーミンはレアンの手を引っ張って、自分の横に座らせた。そうして、食べかけだった林檎にまた齧《かじ》りつく。

レアンはその様子を、青い目を細めて見つめ、自分でもシャキシャキと小気味のいい音を立てて林檎を食べる。

林檎を最後まで食べ終わったリーミンは、レアンに背中を預けながら前方の景色を眺めた。

空き地では黄色の小さな花が咲き誇り、あの時、龍神の宮殿までやってきた白い蝶も飛びまわっていた。

森の中の枝では小鳥も嬉しげに囀《さえず》っている。

何もかも、元どおりになったのだ。

すべてに安堵しながらも、リーミンの脳裏にはまだいやな記憶が残っていた。

全部を忘れさせてもらうには、やはり伴侶の力が必要だった。

「なあ、レアン。狼になって」

「狼に、ですか？　お待ちください」

レアンはそう言いながら、簡単に変化した。

ゆらりと影が歪んだかと思うと、すぐに立派な体軀を持った銀色の狼が出現する。

座った体勢のままだったので、狼のレアンも太い前肢を伸ばしていた。

リーミンはぎゅっと抱きついて、ふさふさの首筋に顔を埋めた。

艶やかな被毛は決してやわらかくはない。でも、頬に触れた感触はとても優しくて気持ちがよかった。

じっとそのまま顔を埋めていると、時折ぱさりと宥めるようにふさふさの尾が動く。

「リーミン様……おつらかったのですね」

いつの間にか、また涙を流していたのを知られたようで、レアンがそっと声をかけてくる。

「そんなことはない。私はあれしきのことで駄目になったりしない」

リーミンはきっぱりと言い切った。

するとレアンが驚いたように息をのむ。

「リーミン、様」

リーミンはレアンの首筋に埋めていた顔を上げた。そして、蒼玉のようにきれいな双眸をじっと見つめる。

「レアン、私にはおまえという伴侶がいる。おまえだけは、私を裏切らない。私がどんなになろうと、おまえだけは私を見捨てたりしない。私は永久におまえの伴侶だ。そうだろう、レアン?」

「もちろんです、リーミン様。俺にはリーミン様しかいない。だから、お守りできなかったことが、俺も死ぬほどつらいんです」

「うん、わかっている」

「もし、お許しがいただけるなら、ランセとは決着をつけます。そういう約束で、俺は東方軍に加わった」

何気なく言われた言葉に、リーミンは顔をしかめた。

「レアン、おまえはやっぱり馬鹿だ。あのランセはかなり手強いぞ？　なのに決着をつけるだと？」

「はい。俺はリーミン様に横恋慕したランセを絶対に許さない。伴侶を横取りしようとされたら、決着をつけるのが当たり前でしょう？　それに、今の俺はランセでもバラク殿でも、たとえ天帝であっても、絶対に負けませんから」

極めて真面目に言ってのけるレアンに、リーミンは思わず口元をゆるめた。

今のレアンは、自分に敵う者などいないと思っている。別に自分の力を過信しているわけではなく、何者が相手であっても、必ず勝つとの強い意志を示しているだけだ。

それも自分のための復讐ではなく、あくまで傷つけられた伴侶のために……。

「レアン、気持ちは嬉しいが、もうつまらない争いはたくさんだ。だいいち、おまえに万一のことがあれば、残された私はどうなる？　おまえの代わりなどいないぞ。誰が私を守ってくれるのだ？」

リーミンは微笑みながら、レアンをやり込めた。

「リーミン様……」

レアンもようやく納得して、リーミンの頬を長い舌でぺろりと舐めてくる。

それをきっかけに、リーミンはふいにレアンの存在を確かめたいとの欲求に駆られた。

「レアン、私を抱いてくれ」

「リーミン様」

レアンは呻くように言って、全身をぶるりと震わせる。

「狼のままでいい。……狼のままがいい。そのほうが、自分を抱くのがおまえだと、はっきりわかるから……」

リーミンは頬を染めながら催促した。

さきほどは強気なことを口にしたが、本当は少し不安が残っている。気持ちでは拒否していたのに、また淫花を使われ、最後はもう誰が相手でもかまわないほど乱れていた。

無理やり感じさせられた記憶は、早く消し去ってしまいたい。

それができるのはレアンだけだった。

レアンはすべてを心得たように、ゆらりと身体を起こす。

そうして、前肢で優しくリーミンの身体を押して、草地の上に横たわらせた。

「こんな時に俺を煽ったりして、もうどうなっても知りませんよ」

「いい、んだ。だから、早く……っ」

胸を喘がせながら言ったとたん、レアンは飢えていたかのようにのしかかってきた。

太い前肢で腰を押さえられ、長い舌で頬から喉、肩から胸へとあちこちねっとりと舐められた。

邪魔な長衣は牙に引っかけ、あっさり破かれる。

そして、あらわになった肌を、また丹念に舐められた。

胸の尖りに舌が届いた瞬間、強い刺激が全身に走り抜ける。

「あ……っ！」

あまりの気持ちよさに思わず声を上げると、レアンは胸の尖りばかり集中的に舐め始めた。

ぷっくり勃ち上がった先端に、時折牙を立てられる。

微妙な力加減で刺激されると、瞬く間に身体中が燃え上がった。

「あ、レアン……あっ」

恥ずかしさに身をよじっていると、レアンの舌がさらに下降して、ゆるく勃ち上がった花芯にも舌を這わされた。

待ちきれないように、そこが硬くそそり勃っていく。

自分の淫らさがたまらなかった。

「リーミン様……俺を欲しがってくれるのですね」

「おまえが……そんなところを、舐めたりするから……っ」

「でも、狼の舌で舐められるのが、お好きなのでしょう？」

レアンは余裕で言いながら、再び花芯に舌を伸ばしてきた。

男体の時とは違う、長い舌が絡みつく。くびれを執拗《しつよう》に舐められ、それから尖らせた舌で先端の窪みを探られた。じわりと蜜が滲《にじ》んでくると、それをすかさず舐め取られる。

何をされても気持ちがよくて、リーミンは奔放な声を上げた。

「ああっ、あ……ふっ、く……ぅっ」

レアンは張りつめた花芯に舌を巻きつけながら、前肢の鉤爪《かぎづめ》で乳首の先端をかまい始める。

鋭く尖った鉤爪で押されると、びくりと震えてしまう。

でも力加減は絶妙で、レアンは決してリーミンを傷つけることはない。

気持ちよさだけを感じて腰をよじっていると、レアンはとうとうそそり勃つ花芯に牙を立ててきた。

「あっ、いや……っ！」

ちゅるりと全体が裂けた口の中にのみ込まれ、やんわり牙を立てられる。

何度体験していても、その瞬間は怖かった。

レアンはいったん口を離し、びくびく震えている腹を、宥めるように舐め始める。

「大丈夫ですか？」

「んっ、大丈夫……。おまえが傷つけたりしないのは知っている。だから、もう一回……やっていい」

リーミンは恥ずかしさを堪えて要求した。

兄とランセに散々嬲られた。でも、こんなふうに安心して身を委ねられるのはレアンだけだ。

「リーミン様を傷つけるようなことは絶対にしません。気持ちよくなってほしいだけです」

そう囁いたレアンは、再び花芯を大きく裂けた口に含んだ。

敏感な幹に牙が立てられ、すうっと滑らされる。

何度かそれをくり返されると、もうたまらなかった。身体の奥から熱い疼きが噴き上げてくる。

「ああっ、あ、やぁ……っ」

一気に極めてしまいそうになると、気配を察したレアンはすぐに牙を離してしまう。

もう少しのところで放り出されて、よけいに身体中が震えた。

「まだ、ですよ、リーミン様。もう少し我慢してください」

「もう駄目……っ」

リーミンが訴えると、レアンは青い目でじっと見つめてくる。

裂けた口に鋭い牙。波打つ銀の被毛が、陽射しを受けて煌めいている。

自分を抱くのは、この美しい獣。森に君臨する神だ。

他の誰に蹂躙《じゅうりん》されようと、レアンは変わらず自分を欲しがっている。

だからこそ、何をされても受け入れられるのだ。

「レアン……」

「愛しています。リーミン様」

「んっ」

真摯な愛の告白が耳に心地よく響く。そして甘い囁きは、身体中を熱くした。

それでもまだ足りない。

もっともっと愛してほしい。

自分はどこまで貪欲になるのかと呆れながら、リーミンは手を差し伸べて訴えた。

「レアン……、は、早く……っ」

レアンは狼の顔でくすりと笑う。そして、リーミンの腰に前肢を宛がい、下半身だけを横にねじった格好にさせた。

上になったほうの足を折り曲げられると、恥ずかしい場所が全部丸見えになる。

レアンはほんの少しだけ残っていた長衣の端を、牙でうるさげに払い除けた。

それからすぐに、レアンの顔が近づいて、固く閉じた場所をそろりと舐められる。

「ああっ」

狼の舌は長く、軽くひと舐めされただけでも、蕾の入り口がいやらしくざわめくような気がする。

なのにレアンは、熱い唾液まで滴らせて、何度も何度も丁寧に長い舌を往復させた。

そのうち、前肢が腿の間に挿し込まれ、鋭い鉤爪で張りつめたものを引っ掻かれる。

まるで悪戯でも仕掛けるように刺激され、リーミンはたまらず、腰をくねらせた。

「あ、……ふっ、……うぅ」

「リーミン様、もっと舐めてほしいとの催促ですか？」

「やっ、……違う」

揶揄するような言葉に、リーミンは必死に首を振った。

しかしレアンは腿の下にとおした前肢で、リーミンの尻を開き、覗いた蕾に尖らせた舌まで挿し込んでくる。

「や、あぁ……っ」

リーミンはびくっと仰け反った。

それでも足を上げさせられたうえに、尻まで押さえられているので、レアンの舌からは逃げようがなかった。

唾液をたっぷり垂らされた蕾は、嬉しげにレアンの長い舌を迎え入れている。

「ああ……っ、く、ふっ」

レアンはゆっくりと、すべてを味わうように舌を使った。

敏感な部分を舌先で突かれると、快感が迫り上がってくるのを止められない。舌で嬲られているだけなのに、欲望を噴き上げてしまいそうだった。

「ああっ、レア、ン……っ」

けれどリーミンの身体はもっと貪欲になっている。

舌の愛撫だけでは物足りない。疼いてたまらない内側に、もっと力強いものを感じたい。

身体のもっとも奥深くで、レアンとしっかりと繋がりたかった。

「レ、アン……もう、いい……から……っ、お願い……っ」

リーミンは羞恥も忘れ、ねだるように腰を突き上げた。

思いに応えて、レアンが小刻みに舌を震わせたあと、勢いよくそれを引き抜く。

「あぁっ、うぅっ……」

ひときわ強い快感で、リーミンは甘い呻きを漏らした。

レアンは斜めになっていたリーミンの腰をいったん元に戻し、優しく声をかけてきた。

「リーミン様……後ろからでいいですか？」

後ろから番うのは、獣の習性だ。

でも、自分は狼であるレアンの番《つがい》。だから、今はその形のほうがよかった。

こくりと頷くと、レアンがそっと腰に前肢を伸ばしてくる。

そして、リーミンはくるりと俯せの体勢を取らされた。

レアンはすぐ背中にのしかかってきて、そのうえ両足の間に前肢を挿し込まれ、大きく開かされる。

あらわになった蕾はたっぷり蕩かされて、物欲しげにひくついている。羞恥が募るが、それでも恥ずかしさより期待のほうが高まっていた。

「レアン」

無意識に誘うように腰を振ると、すぐに熱く滾ったものが、擦りつけられる。

「リーミン様、あなたは俺だけのものだ。もう決して他の男には渡さない」

レアンはこれ見よがしに巨大なものをねっとりと往復させる。

そうして、リーミンが焦れた頃合いを見計らったように、ぐうっと奥にねじ込んできた。

「あ、あぁぁ……、うぅ」

レアンは巨大で、みっしりと分け入ってくる。

歪な瘤まである凶暴な男根を、ゆっくりと奥の奥までねじ込まれた。

「あ、……あぅ……ふ、っ」

リーミンは激しく息をつきながら、レアンを最奥まで受け入れる。

「リーミン様……」

背中に覆《おお》い被さったレアンが甘く囁き、ゆっくり腰をまわし始める。

歪な瘤が蕩けた柔襞を擦り、リーミンはぎゅっとレアンを締めつけた。

圧倒的な力で支配されているのに、繋がっているのが嬉しい。

無理やり犯されて苦しいのに、リーミンの内壁は嬉しげに巨大なものにまとわりついていた。

「レアン……だ……。これはレアン……」

「そうです。リーミン様を抱くのは俺だけです。他の男のことなど全部忘れてください」

「んっ」

「いいですか、リーミン様？　俺のことだけ覚えていればいいんですよ」

普段は控えめなのに、レアンは珍しく傲慢な台詞を口にする。

それでも、こうして命じられたほうが嬉しかった。

レアンがそう言うなら、他のことは全部忘れてしまうだけだ。

覚えておくのは、今繋がっているレアンの滾るような熱さだけでいい。

のしかかった銀色の狼は己の番《つがい》を支配するべく、ゆったりと、でも激しく動き始める。

「あ……んんっ、あ、ああっ……」

リーミンは、美しい森の中で、いつまでも甘い声を上げ続けた。

† 森の落とし子

リーミンはこのところ暇を持て余していた。

龍神の宮殿での騒動、天帝軍と東方の神々との戦いに巻き込まれるなど、色々あったが、それも過ぎた日々となりつつある。

大きな戦いだったので、天帝側も東方の神々もかなり被害が出たらしく、お陰でしばらくの間は平和な日々が続くものと思われた。

龍神ランセにしても兄のバラクにしても、色々と腹に据えかねることがあるが、リーミンは報復する気にはなれなかった。憎しみを引きずれば、その分いやな記憶もずっとついてまわることになる。

おぞましい出来事は、きれいに忘れてしまったほうが心の平穏が保たれる。ゆえにリーミンは、ランセとの決着をつけると言ったレアンも止めたのだ。

自分にはレアンがいればいい。

今のリーミンにはその気持ちだけが強かった。

亡き母親が遺したという水晶柱を手に入れたレアンは、元棲んでいた下界の森の様子を定期的に見に行くようになり、忙しくしていた。

下界の森に出かけた際は、湖の女神の館も訪ねているようだが、リーミンは知らぬ振りをとおしていた。

母との確執は昔から続いているものなので、今すぐ考えを切り替えろと言われても無理な話だ。母のほうもリーミンの顔を見て喜ぶ気にはなれないだろう。

それに母がレアンを気に入って狼に変化させ、銀色の被毛を撫でまわしているところなど、見たくもなかった。

レアンはこの森でも以前と変わらず精力的に動きまわっている。せっかく手に入れた水晶柱の〝力〟も、この森ではあまり使わず、ひたすら自分の身体を動かしていた。

林檎が美味しい季節が終わると、次には雪のちらつく日々がやってくる。

アーラムの天上界では雪など降らなかったので、リーミンは密かに楽しみにもしていた。

ともあれ、レアンが森の世話をするために、歩きまわっている時は、何もすることがない。

この森はもともと、ごつごつした岩ばかりが続く荒れ地だった。レアンが〝力〟を注ぎ込み、今のように立派な森に育てたのだが、リーミンは急激に変化する過程を、上空から眺めるのが好きだった。

けれども、今はもう上空に昇っても、大きな変化は見られなくなった。その分、森の奥に分け入ると、何気ない小さな変化を発見することもある。

そういうわけでリーミンは、暇を持て余すたびに、森を散策するようになっていたのだ。

神子のカーデマには、リーミン様らしくないと笑われるが、清々しい空気に触れているだけでも心地がいいものだ。

その日リーミンは、二本の林檎の樹の草地から真っ直ぐ北へと進んでいた。

最初は自分の足で歩いていたのだが、途中で下草に擦れて足先を少し傷つけてしまった。なので微弱な〝力〟で、血が滲む足を治したあとは、自分の身体を僅かに浮かし、そのまま滑るように森の中を移動し続けた。

レアンほどではないが、毎日のように歩きまわっているので、だいぶ森に詳しくなっている。

場所によっては木や草の種類が違い、見た目の変化も楽しめる。

だから、リーミンはその日も心を浮き立たせながら、進んでいたのだ。

その声が聞こえてきたのは、岩場と湿地が交互に入り組んでいるあたりだった。

「キュゥン、キュゥン」

まるで何か獣の子が鳴いているかのような声だ。

耳を澄ますと、鳴き声はひとつだけではなかった。

気になったリーミンは、細い声が聞こえるほうへ足を急がせた。

近づいていくごとに、鳴き声が大きくなる。まるで腹を空かせた獣の子が、母を求めるような必死さで、森中に響くのではないかと思うほどだ。

「あ、あそこだ」

リーミンは小さく呟いて、樹木の間に横たわっている大きめの岩を目指した。

このあたりには乾いた地面が少なく、下草も羊歯類《しだ》が多い。普通に歩くと、足元からじわりと水が染み出てくるような場所だ。

そして、リーミンは大きな岩の陰で、鳴き声の源を見つけた。

最初は金色と銀色の毛の固まりだと思った。

風もないのにもぞりと毛の一部が動き、リーミンは目を見開いた。

獣の子？　こんな場所に？

森は立派になったけれど、獣の数はまだ少ない。栗鼠《りす》や野兎《のうさぎ》が棲みついた程度だ。

――緑が濃くなれば虫が集まり、そのうち小鳥や動物も棲《す》みつくようになりますよ。

レアンはそう言っていたが、中型や大型の獣はまだ見かけたことがなかった。

岩陰の毛の固まりは、栗鼠と変わらぬ大きさだが、どう見ても生まれたばかりに見える。

リーミンは長衣の裾が濡れるのもかまわず、その毛の固まりに手を伸ばした。

「キュイン」

「キュウン」

リーミンに気づいた毛の固まりは、さらに必死になったように鳴き声を上げる。

リーミンは毛の固まりをふたつ同時に、まとめて持ち上げた。

思ったとおり獣の子だった。

しかし、ふわふわの被毛の色合いはまったく異なっている。

ひとつはレアンと同じような銀色で、もうひとつは金色の輝きを放っていた。

頭と身体が同じぐらいの大きさで、まだ目も見えないようだ。そして耳がついているのは、ぎゅっと閉じている目の真横だった。

リーミンは左手に銀色、右手に金色の毛玉を乗せて湿地を歩き始めた。

とにかくあんなじめじめした場所には置いておけない。

単純にそう思っただけだ。

しかし、湿地は案外遠くまで続いており、なかなか脱出できない。

そして、リーミンは湿った羊歯に足を取られ、ものの見事に転んでしまったのだ。

「ああっ」

幸いふたつの毛の固まりは落とさなかったものの、純白の長衣がべったり泥で汚れてしまう。

湿地にへたり込んだリーミンは〝力〟を行使しようとしたが、発動させる寸前で思い留まった。

こんな小さな生き物のそばで〝力〟を使えば、どんな影響があるかわからない。

そんな疑心暗鬼にとらわれたのだ。

だが、濡れてしまった長衣は気持ち悪く、転んだ拍子にまた足を傷《いた》めてしまったようだ。

どうにもならなくて困りきっているのに、また毛の固まりが、キュウンと悲しげな声を上げる。そのうえ金と銀の毛の固まりは、時を同じくしてリーミンの指に吸い付いたのだ。

どうしよう。どうしよう。どうしよう。

「レアン……レアン……レア――ン……っ」

リーミンは森中に響き渡るような声を上げた。

助けを求める相手はレアンしか思いつかなかった。

すると待つほどもなく、そのレアンがひょいと姿を見せる。

「リーミン様、どうなさったのですか？」

急《せ》き込んで訊ねてきたレアンに、リーミンは両手を差し出した。

「こ、これ……、そこにいた。何かわからないけど、濡れた場所だったから連れてきた」

必死に訴えると、レアンは驚いたように息をのむ。

けれども、それはほんの僅かの間のことで、レアンはすぐにリーミンの腰をつかんで、立ち上がらせる。

途中でがくっとよろめくと、レアンは顔をしかめた。

「どこか、傷められたのですか？」

「いや、たいしたことない。足をちょっとだけだ」

「すぐに治しましょう」

レアンはそう言いながら額に手をやる。

「ま、待て、レアン。〝力〟は使うな。こんな小さいのを持ってるんだから」

うまくは説明できなかったが、レアンはすぐにリーミンの意図を理解する。

「では、リーミン様はそのチビたちをしっかり胸に抱いててください」

「えっ？」

訊ね返したとたんだった。

ふわりと身体が宙に浮いて、リーミンは焦った声を上げた。

「わあ……っ」

レアンに横抱きされても、驚いたのはリーミンだけで、手に乗せた毛の固まりは少しも動揺していない様子だ。

さきほどから吸いついていたリーミンの指こそ離したものの、鳴き声も上げなかった。

「リーミン様、そのチビたちを落とさないよう、胸に抱いて。移動しますからね」

「あ、うん。わかった」

リーミンはレアンに抱き上げられたまま、ふたつの毛の固まりを胸に乗せ、そっと両腕でかかえ込んだ。

レアンは滑りやすい湿地をものともせず、鞋《サンダル》履きの足で、力強く歩を進めていく。

いくらもしないうちに湿地は終わり、リーミンは乾いた草地の上に下ろされた。

まだ痛みがあって、その場に座り込むと、すぐにレアンが心配そうに顔を覗き込んでくる。

「足が痛むのではないですか？　手当てをしないと」

「あ、ああ、うん、でも……」

〝力〟を使うことに逡巡し、リーミンは曖昧な返事を口にした。

「長衣も濡れてますよ？　すぐに乾かすか着替えるかしないと風邪をひきます」

今まで病気に縁のなかったリーミンは首を傾げた。

するとレアンが大げさなため息をつく。

「では、こうしましょう。俺にその子たちを寄こしてください。少し離れた場所にいますから、リーミン様はその間に水晶柱で怪我と長衣、なんとかしてください」

「そうだ、な」

難しく考えるまでもなく、それが一番いい方法だろう。

レアンはリーミンの胸から金と銀の毛の固まりを無造作に持ち上げた。

「おい、レアン。気をつけろ。乱暴に扱うと壊れてしまう」

「わかりました」

レアンはくすりと笑いながら、リーミンから距離を取った。

リーミンは急いで〝力〟を使い、怪我《けが》を治して汚れた長衣も取り替える。そして、レアンの元まで走っていった。

「レアン！　もう治った。その子たちを」

リーミンはそう言いながら、レアンの手から金銀の毛の固まりを受け取った。

「ずいぶん気に入られたようですね」

「だって、こんなに小さいのだから」

そう言い訳のように口にすると、レアンがまたくすりと笑う。

「それは狼の子、ですね」

「ええっ？　おまえと同じ狼の子？　これが？」

「はい。間違いありません。おそらく生まれて二週間といったところでしょう」

「それじゃ、この子たちの親は？」

慌てて訊ねると、レアンは悲しげに息をつきながら、首を左右に振る。

「親が近くにいるなら、この子たちを放ってはおかないでしょう。それにしてもこの森に狼が来るのは初めてだ。待ってください。事情を訊いてみます」

レアンはすっと目を閉じてあたりの気配を窺った。

リーミンには真似のできない業だが、レアンは自分の森のことなら、隅々まで知っている。木々や草、虫や鳥たちが、レアンに森で起こった出来事を教えるのだ。

「わかりました。やっぱりそうです。手負いの母狼が子供連れで迷い込んできたそうです。

残念ながら、その母狼はもう死んでしまったようだ。子供たちは、ずっと母の遺体に寄り添っていたとのことですが、お腹を空かせて自力であそこまで動いてきたらしい」

「そうか、母狼が亡くなったなんて、可哀想だな」

リーミンは思わずそう言いながら、金銀の毛の固まりに頬ずりした。

「どうなさるのですか？」

「え？」

「その子たち、リーミン様が育てますか？」

「私が……この子たちを……？」

リーミンは呆然となった。

「このままにしておいてやるのもひとつの手、ですが」

「この子たちを見殺しにしろって？」

「それも自然の理《ことわり》ですよ」

レアンの声は淡々としていたが、リーミンは激しく首を左右に振った。

「いやだ、そんなのいやだ」

「では、リーミン様がお育てになりますか？」

重ねて問われ、リーミンは考え込んだ。

そして、じっと青い目を見上げて決意を伝えた。

「それなら私は銀色を育てる。おまえは金色だ」

「えっ」

予想外の答えだったのか、レアンは一瞬にして固まった。

けれどもリーミンのほうは言葉のわりに、二匹とも胸から離そうとしない。

きれいな顔を二匹に近づけ、優しく頬ずりしている。

レアンはふうっとため息をついて、狼の子をかかえたリーミンの肩を抱き寄せた。

†

獣神レアンと一緒に肩を並べて帰ってきた主に、少年の姿をしたカーデマは、可愛い顔を思いきりしかめた。

「リーミン様、それ、いったいなんですか？」

カーデマが指さしたのは、リーミンが大事そうにかかえている金と銀の固まりだった。

丸い毛玉としか見えないが、主のきれいな長衣の胸あたりに、四本の小さな前肢が必死にへばりついている。

「これは狼の子供らしい」

「それぐらい、見ればわかりますよ」

ぴしゃりと決めつけると、リーミンは薄い金色の目を見開いた。

「おまえ、どうして狼の子だとわかった？」

心底不思議そうに問い返されて、カーデマは内心で舌打ちした。

今のはただの当てずっぽうだ。毛玉は何かの生き物。自分自身がよく猫に変化させられているせいか、それが猫の仲間じゃないことはすぐにわかった。最初は犬の子かとも思ったが、主の伴侶であるレアンの本性は狼だ。それで、狼の子だと言ってみたまでのこと。

けれどもカーデマは本音を隠し、揶揄するように訊ね返した。

「常識、ですよ、リーミン様。それより、その子たちはなんなんです？　もしかして、レアン様の隠し子、ですか？」

「お、おい、カーデマ。それはないぞ」

慌てたように割って入ったのはレアンだ。万にひとつもリーミンに誤解などされてはたまらないといったふうに、焦り気味に伴侶の顔色を窺っている。

しかし肝心のリーミンは、そのことにはまるで無関心だった。

レアンが自分以外の者を相手にするなど、あり得ないと思っているのか、それとも、最初から嫉妬心など持ち合わせていないのか……。

まあ、主ならば、おそらく後者のほうだろう。

「で？　まさか、この館でそれを飼おうというわけじゃないですよね？」

カーデマは、ここが一番肝心とばかり、冷静に訊ねた。

「カーデマ、このチビたちは、リーミン様が面倒を見るとおっしゃっている」

レアンの返答に、カーデマは眉をひそめた。

だが、さらりとそれを否定したのは、リーミンだった。

「違うぞ、カーデマ。私が育てるのは銀色だけだ。金色はレアンが育てる」

リーミンはそう言いつつも、金銀両方の毛の固まりを手から離そうとはしない。

カーデマはますます憂慮すべき事態だと、頭をかかえたくなった。

アーラム一の美神と謳われ、気位の高さも一番。リーミンは常に奉仕を受けるほうの側であって、自ら誰かの世話をするなど絶対にあり得ない。

となれば、必然的に、狼の子育てはカーデマの役目ということになる。

冗談じゃないよ、もう……。

カーデマは内心でそう毒づきつつ、ちらりと主がかかえた金銀の固まりに目をやった。

†

最初に予測したとおり、子育ての主要な部分はカーデマ自身がやらされることとなった。

神水から狼の子にやる乳を作り、レアンに頼んでそれを飲ませるものも用意してもらった。

カーデマは最初に金色を胸に抱いて、蔦の葉でできた即製の乳首を小さな口に近づける。

金色の毛玉はぱくりとそれを咥え、じゅるっ、じゅるっと勢いよく乳を吸う。腹がいっぱいになるまで飲ませ、そのあと乳がちゃんと胃の腑まで届くように、背中をそっと撫でてやる。それが終わったら、次は銀色だ。

リーミンはその行程を、身を乗り出すようにして眺めている。

乳を飲ませ終えれば、次は排尿と排便。チビたちは局所をやわらかく刺激してやらないと、自分からは尿や便を出すことすらできない。まったく、面倒くさいことだった。

「リーミン様、そんなふうにご覧になっておられるだけではなく、たまにはご自分でおやりになったら、いかがです?」

「私より、おまえのほうがうまい」

簡潔な答えに、カーデマは胸の内で大きくため息をつくしかなかった。

神の〝力〟を使うという手もあるだろうに、リーミンは狼の子に悪影響を与えるかもしれないと、このところずっと水晶柱を封印したままだ。

可愛い金銀の毛玉は、主たちの夜にも、多大な影響を与えていた。

リーミンとレアンは毎夜のように深く番っていたのに、金銀が館に来てから、それもない。

リーミンが夜眠る時も、金銀を腕から離そうとしないからだ。

「レアン様、あのチビたちを行儀のいい子に育てたいのでしたら、今のうちに厳しく躾けたほうがいいですよ？　あのままにしておくと、あの子たち大きくなっても、リーミン様と同じ褥で眠ろうとするに違いありません」

カーデマは、長身のレアンに、そっと耳打ちした。

「おまえも、そう思うか？」

「ええ、思います。最初が肝心ですよ、レアン様」

そう、そそのかすと、レアンは生真面目な表情で首を縦に振る。

獣神は普段からリーミンを甘やかし放題だが、いざとなれば、案外頑固なところもある。

今夜あたり、ひと騒動持ち上がるかなと、カーデマはにやりとほくそ笑んだ。

†

「レアン、その子たちをどこへ持っていく？」

いつもどおり、褥に身を横たえたリーミンは、金銀の毛玉をひょいと取り上げられて、焦った声を上げた。

「部屋の外に連れていきます」

レアンは金銀を蔓で編んだ籠に入れ、極めてそっけない声を出す。狼の子供たちは乳をいっぱい飲んだばかりなので、籠を揺らされても、くぅくぅと気持ちよさそうに眠っていた。

「待て、レアン。外は寒い。可哀想だ」

「リーミン様、甘やかしてばかりでは、弱い狼になってしまいます。それでもいいのですか?」

「だけど、まだ小さいだろ」

籠を持って、さっさと部屋の外へ向かおうとするレアンを、リーミンは必死に留めた。

「狼の子は本来、外で育つもの。籠はやわらかい綿入りの布で温かくしてありますし、隣室に置くだけです。何かあれば、すぐにわかりますから」

「しかし、レアン……」

リーミンは納得できず、レアンのあとをついていった。

レアンは熾火《おきび》の残る暖炉の前に籠を置き、子供たちがぐっすり寝入っているのを確かめてから、リーミンの肩を抱き寄せる。

「さあ、リーミン様、こちらへ」

無理やりのように褥に戻されたリーミンは、顔をしかめてレアンを見据えた。

「何故だ?」

「おわかりになりませんか? リーミン様は俺のものです。あれらは小さくとも狼の牡。リーミン様が俺のものであると、今のうちにわからせておかねば」

レアンの勝手な言葉に、リーミンはかっと怒りに駆られた。

だが、レアンを押しのけようとした手をつかまれ、いきなり褥の上に押し倒される。

「レアン、いい加減に……っんぅ」

いきなり深く舌を挿し込む口づけを強要され、リーミンは身悶えた。

レアンは飢えたように唇を貪り、下肢にも手を伸ばしてくる。

「んぁ……く、んんっ」

口中を熱い舌でたっぷり犯されながら、薄い布の上から花芯をつかまれる。何度か揉み込まれただけで、リーミンは陥落した。

「……あぁっ」

唇を解放したレアンは、そのまま顎から白い喉、平らな胸へと舌を這わせてきた。薄い長衣がはだけられ、剝き出しになった乳首を、ちゅっと音を立てて口に含まれる。

とたんに、我慢できない疼きに襲われて、リーミンは金色の頭を振った。

「い、やっ……レアン、あ、あの子たちが」

「リーミン様、まだ、あのチビたちのことが気になるのですね。それなら、なんとしても俺を一番に思っていただかねば」

レアンは含み笑うように言って、リーミンの長衣を捲り上げた。

今にも精を噴き上げてしまいそうなのに、するりと後孔にまで手を忍ばされる。

「レアン、今はいやだ」

「聞きません。リーミン様は俺だけのものです。だから、今夜は俺のものにします」

いつもは優しい銀狼が、断固とした口調で言う。

もしかしたら、子狼に妬《や》いているのか？

唐突に浮かんだ考えに、リーミンはすうっと身体の力を抜いた。

「あ、……あ、んっ」

存分に蕩かされた蕾に逞しい肉茎が進んでくる。リーミンは、両腕でしっかりレアンにしがみつきながら、獰猛なものを深く受け入れた。

その夜、狼の子たちは、暖炉のそばで、ぐっすり朝まで眠り続けていた。

†

森の空き地では、銀色の巨大な狼が寝そべっている姿がよく見られるようになっていた。

秋には赤い実をつける林檎の樹の根元だ。

そして銀色狼にゆったり背中を預けているのは、ますます美しさに磨きがかかった暁の神だった。

ふたりの神の前では、小さな子狼が二匹、楽しげにじゃれ合っている。

草地を転げまわる金と銀の毛の固まりに、リーミンは薄い金の目を細める。

森には満ち足りた時が流れていた。

あとがき

こんにちは、秋山みち花です。【神獣の蜜宴】をお手に取っていただき、ありがとうございました。本書は【神獣の褥】の続編となっております。葛西先生の麗しいカバーイラストに惹かれてお読みくださった読者が多かったようで、今回こうして続編を出していただけることになり、とても嬉しく思っております。でも、本書が初めてという読者様も、前作に関係なく楽しんでいただけるかと思いますので、どうぞご安心を。そして本書をきっかけに、前作も読んでやろうじゃないかと思われた読者様、どうぞよろしくお願いいたします。

さて、今回は続編ということで、なかなかにハードルが高かったです。（以下ネタバレあり）前作ではリーミン様がひどい目に遭いすぎて、読者様の中には、途中で本を投げた方もいらしたとか。でも続編ですからね。やはりそこは前回と同等、もしくは上まわるぐらいじゃないと許されないわけです。最近、わりとぬるめのラブラブシーンを書くことが多かったので、はっきり言って苦労しました！　そして、肝心のストーリー展開上のテーマは「頑張れ、レアン」。これは前作で葛西先生にいただいたコメントです。なのでレアンには頑張ってもらいました。あと、前作で意外と人気の高かったカーデマも活躍しております。ちなみに最終エピソードは担当様のアイデアです。販促ショートのネタの話になった時「リーミン様が森で獣の子を拾うとか……」なんてひと言が…。一分後には展開が頭に浮かび、これは絶対に葛西先生のイラストが見たいとの欲も出て、結局本編に組み入れることになりました。最終場面はすごく幸せな日常シーンが書きたかったので、結果的にもよかったかなと自己満足してます。

葛西先生には前作同様、物語の世界がふわーっと広がってくるような、素晴らしいイラストをつけていただき、本当に感謝しております。ありがとうございました！

担当様をはじめ、編集部の皆様、本書の制作にご尽力いただきました方々にも、心からの御礼を申し上げます。

そして最後に今一度、読者様に最大の感謝を。ここまでお読みくださり、本当にありがとうございました。また次の作品でもお会いできれば嬉しいです。

秋山みち花　拝

秋山みち花先生、葛西リカコ先生へのお便り、
本作品に関するご意見、ご感想などは
〒101-8405
東京都千代田区三崎町2-18-11
二見書房　シャレード文庫
「神獣の蜜宴」係まで。

本作品は書き下ろしです

CHARADE BUNKO

神獣《しんじゅう》の蜜宴《みつえん》

【著者】秋山《あきやま》みち花《か》

【発行所】株式会社二見書房
東京都千代田区三崎町2-18-11
電話　03(3515)2311[営業]
　　　03(3515)2314[編集]
振替　00170-4-2639
【印刷】株式会社堀内印刷所
【製本】ナショナル製本協同組合

落丁・乱丁本はお取り替えいたします。
定価は、カバーに表示してあります。

ISBN978-4-576-14125-1

http://charade.futami.co.jp/